欧赫贝的秘密1

科尔内留斯的旅行

LE SECRET D'ORBÆ
Le Voyage de Cornélius

[法] 弗朗索瓦·普拉斯 著
陈太乙 译
François Place

漓江出版社
桂林

著作权合同登记号桂图登字：20-2014-264 号

图书在版编目(CIP)数据

欧赫贝的秘密 1：科尔内留斯的旅行 /（法）弗朗索瓦·普拉斯 著；陈太乙 译. —桂林：漓江出版社，2015.3（2019.2 重印）
（欧赫贝的秘密）
ISBN 978-7-5407-7407-3

Ⅰ.①欧… Ⅱ.①弗… ②陈… Ⅲ.①儿童文学－长篇小说－法国－现代 Ⅳ.①I565.84

中国版本图书馆 CIP 数据核字（2014）第 303469 号

策　　划：刘　鑫
责任编辑：谢　阅
装帧设计：居　居

出版人：刘迪才
漓江出版社有限公司出版发行
广西桂林市南环路 22 号　邮政编码：541002
网址：http://www.lijiangbook.com
全国新华书店经销

水印书香（唐山）印刷有限公司印刷
开本：890mm×1 240mm　1/32
印张：7.375　字数：130 千字
2015 年 3 月第 1 版　2019 年 2 月第 4 次印刷
定价：36.00 元

* 导读 *

起航，制作一份属于自己的地图

文 / 陈太乙　本书译者

在法国，《欧赫贝 26 国幻游记》第一册于 1996 年出版，至今已有 17 年。这一套经典图文书以地志的方式，呈现了 26 个想象国度的故事。这些国度的轮廓形状与 26 个字母相近，从 A 到 Z，以这 26 个字母命名。其中，以"O"开头的圆形大岛欧赫贝（Orbae）专门收集地理资料，研究宇宙万物，记录世界各地的风土人情。在作者的设定里，《欧赫贝 26 国幻游记》（以下简称《幻游记》）即是当地地理学者的工作成果。一个国度一篇故事，一篇故事一个主角，在不同的时空，各自冒险，各有奇遇。然而，通过传说、对象、事件或人物之流动，不连贯的篇章偶尔出现交集，一个奇幻瑰丽的世界逐渐勾勒成形，似曾相识，生动而逼真。

仿佛用十几年精心搭建出无懈可击的布景，如今电影

终于开拍，镜头聚焦于大千世界中的两个个体；仿佛不忍读者迷失于似假还真、百转千回的想象天地，刻意指点方向，开辟一条快捷方式；仿佛那些国度本来就是真的，繁衍着各种生命，精神饱满地活着，滋长出无穷新意，酝酿了满腔话语，想大声对世人诉说；于是，多么美妙的惊喜，是重生也是新生，《欧赫贝的秘密》诞生了。

两种不同的观点，谱出和谐共鸣

两本书，两个人，两条路线，相遇交会，提供了两种看待世事的观点。科尔内留斯的旅行走陆路，横渡沙漠，翻越峻岭，刻画世界坚固刚硬的部分；他代表征服者，一心追寻既定目标，相信人定胜天、理性至上。席雅拉的旅行采海路，海豚相伴，乘风破浪，描述世界动荡柔软的一面；面对大自然，她谦卑渺小，满足于发掘“世界为她保留了什么”，相信不可知的力量。一如地球不能是平的，南与北、东与西、已知的与未知的必然要交流，分属两个极端的这两人互相吸引、相恋、碰撞、磨合……

在《幻游记》中，异同正反之相遇、阴阳刚柔之间的角力，宛如一段隐隐的基调，回荡于各篇章，谱成一首首变奏曲。而在《欧赫贝的秘密》中，作者普拉斯借由男女主角鲜明的性格及迥异的背景际遇，将这些观念分整为两首旋律，先各自清晰地演奏，然后试探种种和声的效果，找出最和谐的共鸣。

一种米养百样人，相反的观点不必然形成冲突。人与人、与万物、与天地的相处之道，何尝不是一场修炼、一趟冒险之旅？除了科尔内留斯与席雅拉的主轴故事，又例如，欧赫贝的内陆大地上，其实住着两支民族。他们对时间及生命的看法不同，因此永远不会相遇，也不知道彼此的存在。印地岗人将蓝山尊为临终之地，季左特人则视之为孕育起源之所在。终点或起点，观点罢了。当这两种观点合而为一，生命循环，生生不息。

地图，领人探索迷人的世界

图书环衬上的地图呈现科尔内留斯所制作的天尘图。图上排列出“已知世界”各区域(包含《幻游记》中的26个国度)的相关位置及距离，并显示简单的地形，某几处添加当地事物的图案。在故事中，要制作这样一份地图，需用双脚步步度量，船帆分辨方向，出生入死以亲眼见证，采集情报汇集信息以调校精准，再用掺了月光石粉熬制出的天尘墨画出，无比珍贵。

在阅读这两段壮阔旅程的同时，你从这份地图上看到了什么？

如同在《幻游记》中所阐述的，在地球的样貌尚且支离破碎、大半部分仍待探索的时代，地图是一项迷人的物品，不仅揭露山川城镇海洋岛屿等情报，更承载着人类的求知欲、探险精神、智慧勇气，以及野心。地图上的每一个标记，代表着未知成为已知，象征着人对大自然的诠释。在本套作品中，透过“绘制地图”这个主题，普拉斯将人类对大自然的态度做了更直接也更深入的探讨，引领读者去省思：何谓发现？何谓已知？何谓正确？或者，换个方式说：在卫星定位系统发达，电子地图“精准”到甚至提供街景的今天，世界难道不再神秘，人类是否不再迷途？

彩绘女制图师长老萨娜拉有一段发人深省的话：“男人以为他们带回了珍宝，那其实没什么了不起。真正困难的，是供给他们东西去解读。”

地图所记录的，远比我们想象的多。翠玉国博学夜枭宫中的制图师技巧精湛，能推算年月，如实画出某特定时空的星象；欧赫贝宫殿中的宇宙志学者绘制云图，并打算制作沙粒、贝壳和珊瑚树林的海底图，而且特别在意绘图者下笔时的情绪，偏爱充满灵感的路线图。而母图，原始大地起源之依归，它不仅记录新的发现，亦保留演进痕迹。历代探险家之间描述与认知上的出入，不直接称为“错误”，不刻意涂抹更改，仅淡淡留下。这样的累积使山川有岁月，有演变，于是，有了生命：

“是欧赫贝本身借由你们的手表达出其样貌。你们必须坚决画出这种不确定性，你们不再有形体，必须幻化成风、沙和雨。”

于此境界，天人合一。而在《席雅拉的旅行》最终章，我们读到她这一生最动人的地图，那是她的灵魂……

邀你踏上冒险之旅

无论从内容之深度、创作形态，还是风格文笔来看，弗朗索瓦·普拉斯的作品从来没有年龄层的限制，甚至富含许多经过历练才能体会的哲理。然而若他有说不完的冒险故事，而且永远精彩动人，屡获国际青少年文学大奖，我想，这是因为他对青少年始终有一份真挚的期待。他知道：“在有些人身上，那份对遥远天际的向往，不是区区微风轻吹，拂过无痕；而有如一种召唤，赋予他们灵感，是吸引，而非强迫。”还记得季左特国的故事吗？那是《幻游记》里的最后一篇、最末一个字母，靛蓝双岛之谜似乎有了

结局，蓝山“宛如一个句点，位于一串奇幻字母的最尾端”。但其实故事现在才开始。普拉斯从这个终点再出发，邀你打开宝盒，摊开地图，让科尔内留斯和席雅拉带你去那遥远的地方，进入欧赫贝的世界；愿你制作一份属于自己的地图，踏上你想走的道路，记录你的足迹及内心风景。

＊推荐序＊

睁着眼睛梦想

文／吴明益　台湾东华大学华文系教授

> "我喜欢睁着眼睛梦想，"欧赫德流士回答，"薄雾之河看上去很美。她的灰色柔软如棉絮，淹没一切事物。她舒展朦胧乳白的庞大涡流，铺张绚丽多彩的美妙布幔，生物脱胎换骨，化为精灵：你会以为自己漫步天庭。然而这片模糊的世界也有法则。"
>
> ——《欧赫贝26国幻游记》

多年前我在阅读弗朗索瓦·普拉斯的《欧赫贝26国幻游记》时，就深深为他创造的世界着迷。普拉斯是此刻世界最负盛名的图文作家、奇幻作家之一，这系列图像迷人、想象力仿佛大海的作品，虽然只是初步描绘从亚马逊女战

士国“A”到季左特国“Z”的图像，却隐隐然有许多故事和倒影般的现实在背后流动。那故事有时是现实性的(比方说艾丝梅拉达绿宝石山，就很像西班牙王国的南美洲殖民之旅)，有时是超现实的。

坦白说在开启第一页时，我就想到我国介于现实与想象之间的地志文学的经典《山海经》。这部堪称伟大的作品记载了一百多个邦国、550 座山、300 条水道，以及将近 300 种介于现实与幻想间的动物。虽然附图版的《山海经》已经亡失，但后世很多人试着去描绘这本书里那些非凡想象力下的动物(甚至有些学者会把这些动物的形象跟真实动物形象联系起来，或认为这些动物当时确实存在，只是后来灭绝了而已)：有九条尾巴的狐狸，有长得像牛却仅有一足，出入必有风雨随之的“夔”，有具有预知能力、像虎头上却有九个人脸的“开明兽”……

有时候我觉得那些把这些动物或国度视为“已灭绝”“已灭亡”的学者是缺乏想象力的，因为后世的小说家与民间戏剧、读者都证明了，《山海经》里的大地、生物与故事，依然可以在虚构的世界活生生地留存，像“九尾狐”的形象，就不知道在多少作品里头重生。

换言之，视觉观感或会随时代移易，但叙事却是形象创造维持活力的关键。普拉斯的绘图功力当然是毋庸置疑的，但至今我还记得在读《幻游记》中石三心追猎“三兽皮毛”故事时，全然没有看图，脑中却出现年轻的法术继承人追猎乌鸦、狐狸、鲑鱼，并将这三种活在不同领域的动物的皮缝合在一起，制成衣服穿在身上，忍受它们要挣脱的力量，从而蜕变成一个成熟祭师的画面。当时我就认为这意味着普拉斯必然也会是个成功的叙事型作者。后来普拉斯在《飞移关卡》里果然展露了他的叙事才华，而你手上的这部《欧赫贝的秘密》更是如此。

所有在阅读《幻游记》时，以“绘本”来定位它，或在脑中想象那些国度的人物在另一个叙事中联结的读者，《欧赫贝的秘密》的完成，简直就像已沉没的亚特兰蒂斯城重现人间。喜欢意大利作家卡尔维诺和斯蒂文森《金银岛》的普拉斯，这次借由科尔内留斯这个年轻商人寻找“云绸”这种能吸取天空色彩的布料的引子，将《幻游记》里看似独立的王国重新串联起来，而以两位地志学里的角色视野，从不同方向汇流成更加动人的故事。这是一棵植根于欧赫贝大地的想象树，此次开展得更加枝繁叶茂了。

虽然在处理叙事时，普拉斯的才能没有他的绘图耀眼得令人无法逼视，但同样身为一个小说作者，我认为他可

是一个真正具有创造性启发的叙事者。普拉斯接受访问时曾提道："离开童年世界是件既兴奋却又痛苦不堪的事。"我以为他因此创造了一个可以让任何年龄的人重返童年，却又会对人生发出感叹的平行世界：在那里亚马逊女战士会不定期举办市集交易奇妙的物品，有恐怖的夺命森林，有建构另一套世界观的"宇宙志学家族"，那世界就在我们脚底下，而"地图"便是普拉斯所给予的。

请打开地图，睁着眼睛梦想吧。这将会是一趟你不会后悔的阅读旅程，一次超越你生命本质的心灵冒险。

＊推荐序＊

那些奇妙美好的故事，现在仍在发生

文／卧斧　文字工作者

很久很久以前，想让已知的世界向未知延伸，大多得倚靠两种人。

那时候没有互联网，没有快捷的交通工具，在人们离开自己熟知的地域或国家之后，甚至没有明确的信息能够指引应当前进的方向。当时如果有人经过长途旅行前往自己完全陌生的地方，那么多半是有不得不为的原因；但仍有两种人可能在并非被迫的情况下，勇敢地踏上旅途。

一种是行商。一种是探险队伍或军队。

行商远离家园的原因，常是听闻远方传说或目睹难解之物，因而认为遥远的他处生产着某些奇妙的事物——可能是珍禽异兽，可能是神秘药果，也可能是某种超乎想象的工艺产品——倘若将其携回本地，一定有利可图。探险

队伍或军队远离家园的原因，则可能是试图扩大掌权者的权力版图，包括争战、殖民，以及进行不同政权之间的探访缔交与大规模的国际贸易活动。

《欧赫贝的秘密》两段不同的故事线，就分别以这两种人当主角引领情节。法国创作者弗朗索瓦·普拉斯曾经以图文并茂的《欧赫贝 26 国幻游记》，描绘出 26 个神奇的国度，每个国度都因自己特殊的地理背景发展出不同的人文及历史。阅读《幻游记》时，可以发现这些国度应该存在于同一个世界里，其中部分国家也会彼此往来。是故，在那个世界里，究竟有没有人踏上过所有国度的土地，或者知晓所有国度里的生活状况？如果有的话，这样的人在不同的国度会面对哪些遭遇、学到哪些知识？

普拉斯的最新力作《欧赫贝的秘密》，给这些好奇的人提供了解答。

倘若您没有读过《幻游记》，那么《欧赫贝的秘密》应该会让您读得兴味盎然。因为《幻游记》像是数十则不同国度的纪事，彼此之间不完全相关，对每个国度的描述，有的提及发生在其中的传说或独特习俗，有的则偏重在地貌、物产及历史活动。阅读《欧赫贝的秘密》的过程，则几乎就是顺着两位主角的人生路径，一一探访这些国度，而且因为两段故事都由主角以第一人称方式叙述，所以在阅读时会有更多的情绪感染及更大的戏剧张力。

而倘若您已经读过《幻游记》，那您现在应该已经开始微笑了。

《欧赫贝的秘密》从第一行开始就会把您带回那个美丽的世界，并且串联起您先前读过的种种奇妙设定，成为高潮迭起的人生冒险。您不再是以一个身处“现实世界”的读者身份，隔着书页去揣想关于那个世界的种种，而是真实地投身进入，实地走访那些充满着趣味以及危机的地域，经历那些友善或排外的民情，并且体验初始截然不同，却在某个时间点彼此交会的冒险人生。

更有趣的是，在两段故事交会的最后，普拉斯点出了“创造”的真正力量。

那样的世界或许经由普拉斯的笔下生成，但并不代表它只会是个创作者的幻想。在睁眼所及似乎已经不再发生新鲜事物的现实当中，想象力一直是创造更多故事、揭露更多世界面向的最大力量；有些时候，它甚至可以改变世界的模样。故事常会如此开始：很久很久以前，在远方如何如何。

而事实上，只要您翻开书页，那些奇妙美好的故事，现在仍在发生。

＊推荐序＊

冒险的意义

文／褚士莹　国际NGO工作者

请保持好奇，永远不要停止冒险，不要将长大当做借口。因为探险，不是为了征服世界，而是找到一个认识自己、跟世界平起平坐的方式。

少年时期的某一天，我从书堆里探出头来。“我想要旅行。”我这么告诉自己，从此二十多年，我没有停下脚步。现在回想，我当年真正渴望的或许不是旅行本身，而是想认识日常生活以及书本以外的广大世界到底是怎么样的。可惜即使到现在，世界上还没有人可以清楚地告诉我世界是怎么一回事，即使拥有全世界的知识也不行。就算每年环游世界六圈也不行。

通过阅读、通过行动，虽然我还不能拍胸脯说：“世界！我终于看清你的真面目了！”但这并不代表这么多年来，什么都没有学到，其实我学习到的是“原来不知道我不知道”的事。我有一个在肯尼亚当野生动物导览员的朋友，每当大家坐上车准备出发前，他都会先问游客：“你最想看到什么?”当一天导览结束，回到出发集合地点后，他又会再问大家一次同样的问题，有趣的是，游客们出发前都斩钉截铁地说自己最想看到野生动物，但是回来以后却都说，最难忘的是沿途偶遇到的人，几乎没有人提到虎豹狮象。在我眼中，遇到虎豹狮象，只是小惊奇，但是那种意想不到的旅途过程，才算是真正的冒险。

逐渐逐渐，我学会了以“人”(请注意，不管大人、小孩，也不管是法国人或亚洲人)看世界的角度，学会了正确使用人生的方式，也学会站在生态系统的角度，学习人类应该如何使用这个世界的方式。出发冒险之前，我们以为出发是为了要亲眼证实那些我们已经知道的事情，同时去学习那些我们原先不知道的事情，但就像进入梦寐以求的野生动物园，我们得到的最大的震撼和启示，往往来自于那些原先我们根本不知道自己不知道的事。

通往世界的正确途径，并不是要“征服”世界，骄傲地把世界踩在脚底下，而是知道自己不知道什么，谦卑地学习跟这个世界平起平坐的方式。《欧赫贝的秘密》这套书，

就像一场旅行，引领我们脱离日常，走上一场寻奇的旅程，进入一个冒险的世界，扮演的角色就像旅行者、天文学家或野生动物园的导览员，提醒我们对于自以为所知甚详的“世界”其实所知甚少的事实，同时指出另一种值得欣赏、观看的有趣角度。因为“角度”多了、广了，或许有一天，我们终于可以明白自己在这个世界上应该扮演的“角色”，但是到那时，也请继续保持好奇，永远不要停止冒险，永远不要将长大当做借口。

1

我在堤道上骑行，冰冷的大雨打在身上，我不停打战。狂浪怒涛绞碎了灰色的大海，而黑夜与风雨同步，遮蔽了海滩上迷蒙的亮光。一个村汉用很肯定的语气告诉我，在稍远一点的右手边，有条路可以通往一家旅店。地面处处水洼，不易分辨，我差一点错过路口。我的马儿垂下了耳朵，在这处处荆棘的危险地段涉水而行，我真怕会迷路。现在，我又再次看见那只躲在村汉腿后龇牙咧嘴的凶恶黄狗。它的黄毛沾满泥泞，那双不正常的眼睛紧紧盯着我不放。人狗俩本来已被我身后的大雨吞没了呀！该不会指引我一条死路了吧？真是见鬼了！

就在这时，我听见招牌在风中吱呀作响的声音，旅店终于从一堆乱树丛后方显现。我跳下马，抓住缰绳，把马儿牵到厩房。可怜的牲口，正冷得不停发抖。我抓起一把

干草，缓缓摩挲它的侧身，又捧了一大堆粮草放在它鼻翼下，轻轻抚摸它的颈背。

接着，我去敲旅店的门。仿佛童话故事一般，门开了。

旅店老板让我浑身不自在。他腿跛得很厉害，店里黑漆漆的，没看见别人。他给了我一碗汤和一壶啤酒，在我对面坐下。我最受不了吃东西的时候被人盯着看，令人心烦的事已经够多了。现在，我满脑子都在想着那桩布匹生意：六包布料，以黄蜡密封，来源不明。之前，他们只让我看过一小块这种“云绸”的样本。那是一种轻柔得令人惊异的薄纱，精细柔软的程度无可比拟。卖家夸称这种布料会随着一天的光线变换颜色。他用样本证明给我看：将那一小块布朝着一方放晴的天空举高，布料立即发亮，虽然天空很快又乌云密布，但布料仍保存了那晴朗的亮光。那光亮让我目眩神驰。我开了汇票，预先将全部的款项付清，甚至没拆开包裹检查其他货品，并相信了一个星期内就能收到货的承诺。由于暴风雨即将降临，在匆忙之下，我离开时忘了拿那块神奇的布样，那可值不少钱。

行事过于冲动，一直是我改不掉的老毛病。我无法拿这块云绸示范给父亲和叔叔看，开始烦恼该如何对他们报告这项交易；他们做生意可是锱铢必较。“记住，合理正确的判断是经商的罗盘。”一个说。“谨慎，我的侄儿，谨慎是智慧的结晶。”另一个接着说。就在他们刚放手让我在生意上掌握决定权的时候，却发生了这次的事件。他们一定会把账都算在我头上。母亲比较能容忍我的糊涂，但三位长辈都对我的能力强烈存疑。太轻信他人，对陌生人太豪气。想到这些，我突然没了胃口，推开几乎半满的餐盘。

店主带我去房间。走上楼梯时，他手中的烛台照亮了一幅画，我立即深受吸引，毫无抵抗能力。那是一幅小小的风景画，却在墙上开拓出一个无限辽阔的空间。

“您是位懂画的行家吗?”店主问我。

“我不知道……只懂得看一些人物肖像……其实，还算了解吧！根据我父亲的说法，那是最能彰显家族名声的东西。不过，引发我好奇的，喏，是这座蓝色的山。这座山的蓝色很引人注目，看起来遥远难及，但同时，却仿佛能用手指触摸。”

“那是远方之蓝。想必您曾注意过，天气晴朗的日子里，最接近地平线的那几层风景如何渐渐染成蓝色，直到我们视线所能及的最远之处……”

“呃，其实我并没有特别去注意。不过，从这幅画来看，这种现象倒是很明显。我觉得又更靠近那座山了一些。还有那辆没入长草之中的华丽篷车，车上那些棕色皮肤的乐师，还吹奏着各种不知名的乐器呢。说真的，我从来没看过这样的世界。”

“那辆篷车是一辆灵车。这个场景里的一切发生在距离这里几千里以外的靛蓝双岛上。不过，您应该已经很累了……”

“不，不，拜托您，请继续说下去……”

我们最后还是爬上了楼梯。他每爬两格就停下来，露出痛苦的表情。他邀我走进一个堆满旧书、动物骨骼标本和各种稀奇古怪物品的房间。他拿起一本厚重的大书放在桌上，是一本地图集。他翻开书，找到一张形状像“i”的地图。

“这就是靛蓝双岛，是两座陆地上的岛。您看，这里的长形大岛，还有，就在它上方，这个‘i’字上的蓝色大圆点，代表的就是吸引您注意力的那座蓝色大山。那是一座火山，您也可以说那是一座会喷火的山，但火已熄灭。这两座岛并非浮在海面，而是矗立在一片辽阔的大草原上。”

“我猜，就是画中那辆古怪的篷车所驶过的长草平原？”

“正是如此。那辆篷车载着一位亡者的遗体，在所有家人的陪伴之下，朝蓝山前进。”

“想必那是他们埋葬亡者的地方啰?”

“不完全是。当领头拉车的牛精疲力竭而累倒，就被拿来当做祭品，篷车也会被焚毁。就在领头的牛倒下之处，家属和乐师面朝蓝山，举行祭典。但葬礼并不就此结束。依循原路回程时，他们一路洒下种子。雨季来临时，这些种子就会长成一条长长的花径，画出亡魂通往圣山的路线。就是您在地图上所看到的这些从长岛散射出的彩色线条。”

“其中没有一条连接到蓝山?”

“不可能有。这座山是到不了的，它永远在遥远的地平线上。”

“我懂了，那是海市蜃楼的景象!”

“并不是! 只是这座山只有从长岛出发才看得见，从其他任何地方都看不见。”

“您这是在耍我吗? 只要走得够远够久，最后总是能抵达的，不是吗?”

“没办法!”

“为什么? 路上有沼泽，有流沙?”

“相信我，对步行者的双足而言，没有比那更柔软的土地。就连布满路面的小草都纤细无比。然而，若您有兴趣，您可以走上一辈子，事实也不会改变：蓝山永远在那般遥远的地方。”

“少来了，一辈子?!”

“就是这样。您要知道，早就有很多人试过了!”

他从书本上方打量我，盯着我看了一阵子。

“您不相信我?”

“这该怎么说呢……”

“麻烦您把那样东西拿给我，好吗?”

我顺着他手指的方向，转身找到他所说的物品。那是一个木造的小机器，形状像蝴蝶，十分轻巧。他一手拿着机身，另一手则把玩一个机关，让翅膀拍动。

“我发明了一架飞行器，这是它的模型。我心想：既然步行者所面对的蓝山总是不断后退，那么，不如改用另外一种途径接近。”

“用飞的?”

“不完全是。这么说吧!我从一座悬崖顶往下跳，想翱翔空中……”

“哦……”

“……不过没能持续多久。事实上，我像一颗石头般直接坠落，幸好下方有一片茂密的竹林缓冲。被抬出林子时，我的双腿都断了。”

他陷入回忆。我对那架机器深深着迷，尤其是翅膀上张架在细柳枝上的那层薄膜。那是一种神奇的布料，与我所买的颇为相似。我对这个巧合感到困惑。店主回过神来招呼我。

“您对布料有兴趣?”

“确实颇有兴趣！在下正是一名布商。”

“啊！这么一说我就恍然大悟了。这层薄纱用的是世界上最轻柔也最强韧的材料，称为云绸。”

“您说什么?!”

“云绸。想象一下：这片原野上的草会结出絮团，闪闪发亮，毛茸茸的，宛如棉花球，但材质轻盈得能被微微柔风吹起。而那正是采集的好时机：要趁棉絮在空中飞舞，而非长在草茎上时，更不可等它落地。一旦纺成线，这些絮球的纤维能织成一种精致的布，轻如空气，颜色随天光变幻：黎明粉红，正午湛蓝，多云则呈珍珠灰，夕阳橘红，余晖绯紫，夜幕初垂之时转为靛蓝。此外，这两座岛的名称也源自于此。您从来没听过靛蓝双岛吗?”

“从来没有。它们位于哪里?”

"就在我们脚下!"

我耸耸肩。这个跛老头又在耍我了！用他那种怪里怪气的腔调对我说话。他戴着歪歪的高筒帽，身穿丝绸内衬的东方长袍，微微一笑。

"年轻人，您知道，大地是多么辽阔。比您在堤道上来来回回地进出几趟要大得多。"

"您凭什么认为我只在堤道上来回进出？我的父亲和叔叔都是富商，连在海外都有分支账房。我们的事业版图比您想象中的大多了。"

"既然您这么说……敢问阁下的家族是?"

"范霍恩。我叫科尔内留斯·范霍恩。您呢?"

"伊本·布拉扎丁，在此为您服务。不，我不是在对您吹嘘故事……"他的手指敲着翻开的页面，"这两座岛确实存在。草原也是。这片草原位于一片辽阔无垠的圆形土地中央，外层有薄雾之河围绕。那片圆形土地名叫欧赫贝岛，而草原只占该岛的一小部分。"

"那么，这座大岛……位于哪里?"

"我不是跟您说了吗？就在我们脚下，在世界的另一面。"

他替我铁口直断。

“您还年轻，还不知道有什么样的未来在等着您。我只能这么说：我不认为您的人生注定要在裁剪布匹和每日细数赚多少钱中度过。”

“我本来就是商人之子。如果我没弄错您的意思，只有在蓝山附近才能找到这种神奇布料的纤维。”

“完全正确，年轻人。”

“您知道的，像我们这种做生意的商人，必须随时准备到远方旅行，去带回更多财富。若有谁能大批引进这种云绸，他一定能……”

他举起一只手，示意我停下来。

“能致富？打消这个念头吧！您不了解您距离那个地方有多遥远。我不是在开玩笑，我怀疑您根本无法抵达。事实上，从这里过去，那座大岛几乎跟不断朝地平线后退的蓝山一样遥远。也就是说，永远到不了！”

“您是哪里人？”

“正是那里，欧赫贝……”

“您真的来自世界的另一面？”

“恐怕是这样，没错。”

“我要如何相信您？”

“这不会比买下六包蜡封货物困难，我想……”

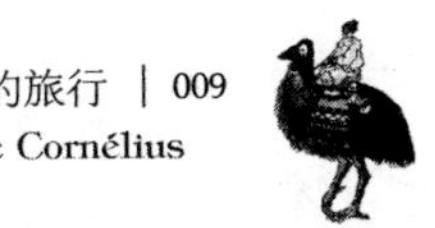

“您知道我买了云绸？”

“没有人会偶然推开这家旅店的门。”

我几乎跟他聊了一整夜。清晨，雨势已歇，我继续上路往城里走。我回到店铺，又见到父母操忙的神情。我等待着当初买下的六包云绸，一天比一天焦急。货品始终没到。一个月之后，在“开销”栏目上，爸妈用令我羞愧的红字记下我损失掉的大笔金额。父亲认为我上当了。至于叔父的反应，更惨，他根本不相信我的故事。把货卖给我的家伙卷铺盖跑得无影无踪。我必须再去找伊本·布拉扎丁。他对云绸之事了如指掌，可以多告诉我一些相关的讯息。我回到旅店。比起我投宿的那个风雨夜，大白天里的旅店显得没那么吸引人。为我开门的不是店主，而是一位年轻人。

“我家店主出门了，他猜想您可能会再回来，留下这个给您，并要我亲手交给您。”

包裹里有一本小书——《靛蓝双岛回忆录》，由伊本·布拉扎丁用羽毛笔写成。书本包覆在一块珍贵的布料里。包布展开后，变成一条长巾，滑顺更胜丝绸。当我把长巾高举到眼前，一道阳光穿破云层，长巾立即发亮，尽管太阳已消失在云后，它仍闪耀许久，仿佛纤维捕捉了光芒。想起老店主，我不禁泛起微笑。我想象他操作那架飞行器，翱翔在天地之间，试图抵达蓝山。我暗自下了决心，有一天，一定要踏上那片土地。伊本·布拉扎丁不仅送了我一份礼物，也将探险的任务托付给我。

2

为了偿还债务，我非常辛苦地工作。我变成一个深思熟虑的商人、计算数字的高手，并精通多国语言。父亲和叔父派我到海外考察他们的分支账房。因此，我才会来到位于南海另一端的巴萨尔达——日升帝国的诸多大城之一。沙漠之中，大批骆驼商队在这个国家来来往往。我们在这里买布匹、织毯、乳香和樟木，用船只运送到寒冷的北方城市。卡德连姆苏丹颁布了一道旨令，准许外国商家在当地投资；于是，不久之前，我们家在此开设了一家商队驿站。第一晚，我走到平台上。漆黑如矿的夜幕上，点缀着闪烁繁星，下方的城市铺展延伸，线条错综复杂，以广场上曲线优雅的圆顶间隔。夜晚的气息仍有晴天朗日的芬芳，茉莉的香味弥漫在各花园的幽暗角落。围墙后方的棕榈树下，一条明亮的小径沿河蜿蜒，消失于丘陵之间。第二天，我写信禀告父亲，希望留在此地发展。那一年，时值我25岁，原本并没有打算滞留两年以上。而且，根据父亲和叔父商量的结果，在那之后，我也应该要回国掌管整个家族的事业。

驿站的位置很理想，就位于城门口，却只能勉强维持生意。于是我扩建前庭，增加客房的数量，清扫马厩，挖深水井，聘请了一位厨师和一位理发师……但这一切却有去无回，全数赔光。那些徒步小贩，以及那些鞋底从没离开过沙漠、永远不喊累的商队领路人，他们宁愿到较远的地方投宿，却拒绝在外国人经营的铺子过夜。

我不认识任何人，但至少知道一件事：无论来自灰暗阴郁的北方，还是阳光充足的东方，买卖议价的艺术都全凭一张嘴；然而，这些小贩却都热衷于“拿斯赌”。那是一种类似下棋的赌博，玩法也是在棋盘上移动象牙棋，差别在于观棋者可以介入，并依据每一次得分下注。在赌局中，话语的确扮演了某种角色，重要性却远不如沉默、眼神、姿势、胃口，以及衣着打扮所传递的讯息。倘若耳朵太迷糊，眼睛太昏沉，只要一手棋翻盘的时间，钱就会全数赔尽。我每晚都到市集拱廊下注几把。在那里，我才真正学

到经营之道。绝对不可一战论成败，要懂得以退为进。我胆子够大，运气够好。无论输或赢，必定在市集找家餐厅，邀赌伴们同桌吃喝一整晚。渐渐地，就这么破除了他们对我的不信任。这群朋友喊我科尔内利斯·贝。他们讲各种故事给我听，关于路上的风险和意外，有的恐怖惊人，有的神奇奥妙。对他们来说，一名真正的商人不能守成等待财富降临，必须永远不断地主动前往冒险。所有人都鼓励我出发，要我也在大漠的金沙里留下足迹。

我买了十几只足行鸟。那是一种强壮且耐力极佳的禽类，但必须经过许多训练，才能驯服它们。出发进行第一趟旅行时，我加入一支骆驼商队，他们的目的地是胡嘎里山，需朝东北方行走 35 天。到了那里，可轻易将红胡椒卖给各山寨大王，还可以做些兵器的买卖，只要用精钢炼成，长矛短刃他们都收。旅行途中，我见识到“呼噜祖风”的威力。这种风吹得人皮开肉绽，牲畜流泪哀鸣。整整三天三夜，我蜷缩在蹲趴下来的坐骑鸟后方等待；尽管戴了面罩，脸孔仍遭细沙狠狠鞭打，鼻孔堵塞，耳朵受尽蹂躏。沙尘暴狂扫肆虐，天色昏蒙暗红，不时劈下骇人的闪电。风暴终于过去之后，我发现雷火将沙粒烧成细碎的玻璃，处处留下“之”字形的曲折痕迹。我因为太用力紧抓毛毯铺盖，掉了三片指甲：左手两片以及右手大拇指上那一片。但因为当初在这趟旅程上所下的赌注，对方加了好几倍报偿给我。商队的伙伴们也都做了几笔好买卖，因此，回程的气氛颇为欢乐。有一位伙伴跟我一样，也是布商。他知道当地所有的布料种类，特别喜欢质地轻软的料子，采买的对象多达三十几名织布工匠。他听说过云绸，但认为那只不过是空泛的传说。他说服我陪他去沙漠另一端——亚马逊女战士国的入口。他拿在不期市集上所能赚取的大笔财富诱惑我。我们决定一起前往。

我写信告诉父亲：我必须在日升帝国多滞留一年。

“不期市集”这个名称的由来，在于人们无法确切预测市集何时会举办，也根本不可能事先知道地点。于是，商人们派出探子，一个绿洲一个绿洲地侦测调查。这些探子真不愧为沙漠之鸟。他们低调地栖息某处，凝听，撷取两三项情报，拔营，前往他处栖息，获取另外两项情报，却与先前打听到的互相矛盾。他们抱着谣言又满怀希望，再度出发。他们不断旅行，焦急难耐，难以入眠，交由星辰或骰子来决定方位，然后继续往更远的地方飞。因为他们

感觉到亚马逊女战士即将抵达。最聪敏的探子能比其他人早几天预测出结果。在他们所选中的城市里，突然万头攒动，人潮仿佛凭空涌出，蔓延到每一条大街小巷。商人们躁动难耐，到处都爆发争吵，甚至引发刀刃出鞘。野狗在花园深处打斗，深夜里也能听见它们的呜咽声；特别是几只身上带有火焰斑马纹的，绝不能接触到它们的目光。

如果探子们的判断正确，气宇轩昂的女战士会在东方鱼肚白时分进城，带来无比光滑柔软的皮草，其中甚至有最令人垂涎的蓝狼皮。女战士们想要的是丝绸纱罗、琥珀、小贝壳、没药，以及青金琉璃。她们拒绝任何以金属铸造的货币。此外，她们也不说话。人们放下商品，等待评价从她们的双唇发落。一声“叱咤!”颤动，可能表示好，也可能是坏，端看她们是否同时用一只黑箭的羽毛尾端触碰商品。交易持续一整天，皮草的市值根据她们对商人提供的珍稀货物的青睐程度而定，任何规章或评判都不能左右她们对货物的迷恋或轻蔑。

女战士们在日落时分离开，消失在沙漠里，直到不能再远，人们才听见她们的歌声：一阵壮阔的低吟，宛如夜里落雨，淅沥蔓延。许多人跋涉至此，只为听远方传来的回响，任自己在这比鸟啼更婉转，比风吟林间更优美的歌声中卸下武装。

不期市集的奇幻色彩吸引各路人马散播消息，有的好，有的坏，但大部分是无法证实的捕风捉影。

就在这儿，就着眼下的一盘杏仁果和一杯茶，我再次听人说起云绸。那人把这布料夸赞得天花乱坠，面对在座众人狐疑的撇嘴和同情的微笑，愈讲愈激动。我加入听众所围成的圈子。

“它当然存在。”他大声嚷着，“大家都听过那种生活在树林里的奇怪蜥蜴，它们会根据躲藏的环境改变身上的颜色。这种薄纱完全是一样的道理。它的纤维能捕捉白天或夜晚的光线。”

“那么，你倒说说：这般神奇的东西要上哪里去找？”

“翠玉国。”

“都朗，你这人还真好骗！蜥蜴会隐身，这还说得过去，但布料怎么可能会捕捉天空的颜色?!”

“你把我当成骗子?”

“不，不是骗子，但说你是个傻子，这可没错！……那个国家远得要命，关于那里的传言，从没有人亲自去当地证实过。一块根本没人看见过的布料，你为什么相信它竟

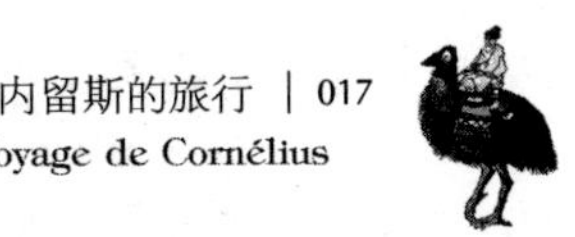

然存在?”

我拿出魄力介入谈话。

“云绸，它的确存在。”

所有人都转过身来。我朝那位都朗走去。我曾听说他是一位极为优秀的商队领路人。

“我曾亲眼见过。”我继续说。

“谢谢你出言相挺。很高兴遇到一个不沉溺于无知自满的人。”

“但是我所看到的云绸并非来自那个地方。你说的翠玉国位于哪里?”

“东方。非常远。避开冬季的话，至少要走六到八个月。”

“那是不是一个圆形的大国，中央有一座蓝色的山?”

听我这么一问，在场所有人爆出一阵哄堂大笑。

“啊，是啊，要这么说的话，那里确实有很多山，高耸无比。也正因如此，难以找到从那里生还的人。那些山脉可说是无法横越。但不是蓝色的，应该说是白色的，因为山顶万年积雪不化。但是不横渡这些山不行，因为那是抵达翠玉国的唯一方式。”

“你认识路吗?”

“我没办法就这样当着众人的面告诉你。我连你是谁都不知道。你想探路，打算付我多少钱买情报？”

“一毛也不付。”

他转开头，要大家见证这些北方商人有多荒谬。

“不过，要是你答应带我去……”我继续说。

我说出的数字之庞大，令他连话都说得结结巴巴。听众的圈子朝我们靠拢。

“如果你们之中有人有兴趣，”我的语气坚决，“我打算在明年带领一支商队。我要带这队人马横渡那些山脉，无论山有多高。我要找出通往翠玉国的通道。我需要牲口、粮食和身经百战的英勇伙伴。倘若运气和神明与我同在，我将带回足够给全城人做衣裳的云绸，跟我一起冒险的都能发大财。谁愿意加入？”

商人们犹豫着。尽管这笔生意听起来令人血脉偾张，却没有人会为了那样一个荒唐不切实际的幻想，投下这么大一笔赌注；除非他是笨蛋或是疯子。

然而，其中还是有两个人举手。第一个人，大家都认识，名叫康比斯，是贝朵安部族一位备受敬重、认真严肃的老师傅，负责在商队中牵牲口行走。他将手放在额前和胸口上，前来给我一个正式的拥抱礼。他的年纪应该长我

不止一倍。第二个人只对我点头致意，一句话也没说，随即悄悄退出人群。

3

回到巴萨尔达之后，我写信告诉父亲：我必须至少再多待两年。我雇用了都朗，派他招募人手，采买牲口和器材。康比斯带来半数资金，我们不愁粮食不足。在进行准备工作的这段时间，第二名自愿加入的商人一次也没出现。

我对于要走的路线一点概念也没有。在这整个地区，找不到几张地图；只能靠老师傅们冗长的回忆来补充。不过，这里住着一位地理学者，慕苏丹之名而来，正在编写一部诸国论著。我前去拜访。他在我面前展开好几卷上古时代的羊皮纸，在这些羊皮纸上呈现翠玉国的方式有千百种，各不相同，根本不可能从中勾勒出较精确的想法。这真叫人不知道怎么办才好。不过，他倒是对一幅自己绘制的地图十分得意，这幅地图画的是日升帝国及其边境。他

把地图摊开在桌面上，食指放在地图中央一座大城的图案上。

“这里是锡兰答内，日升帝国最东之城。”

他的手指向右滑动，移到地图另一端。

“而这里是喀拉古伊，把守白色山脉各隘口的重镇。翠玉国尚在此城之外，在那些山脉后面，往旭日升起的方向再过去。从锡兰答内到喀拉古伊，您有两条路线可选。较保险的一条要朝东南方绕一个大圈，经由乳白海，直到勒奇思港。接下来，沿着灰河回溯向上，然后斜偏往喀拉古伊。这趟行程很长，要停驻许多站，在那些地方都能安全做买卖。另外一条路线则从锡兰答内出发，走直线到喀拉古伊，穿越大小沙漠、盐海以及石族的国度。”

“这条路比较短。”我点出两者之不同。

“但我不建议您走这条。”

“为什么？”

“太危险。这条路早已没人走。”

我向地理学者打听翠玉国与靛蓝双岛之间是否有关联。他要我把岛名再说一次，然后表示对这个名称毫无印象。我把伊本·布拉扎丁的著作拿给他看。他撇撇嘴，说他从没听说过欧赫贝岛。我不死心地解释：“这座岛位于地球的另一面，幅员广大，伊本·布拉扎丁就来自那个地方。他的书里都有记载，但应该还能找到别的证据，例如海岸探勘的数据，或某些远行至此的航海家曾记录的见闻。”他摇摇头吸了一下鼻子，带着些许傲慢。我认为地球可能是圆的想法把他嘴角那一丝宽容的微笑也扯下了。

“怎么连您这样知书达礼的人也会相信这种蠢话？我们脚下有一座大岛？难道那里永远不下雨，人们走路头下脚上吗?”

我只能道谢感激他的协助。

在一个春天的早晨，我们的沙漠商队离开巴萨尔达。一个月后，抵达锡兰答内。这座大城处处雪松成荫，花园环绕。我们的人马暂时解散，各自前往大城的不同角落：好几名徒步小贩有亲人在此。我等到第二天晚上才聚集大家商讨意见。都朗选择南边的保守路线。康比斯虽然年纪较长，却完全听不进去都朗的建议：

“我带领商队前往勒奇思不下 15 次。这条路我闭着眼睛都能走，荷包也赚饱了。我加入这支商队，唯一的目的就是去沙漠之路探险。”

“康比斯说得对!”暗影中响起一个声音。

我们一致转过头去。第三位商队老板走近前来，用大漠可汗的姿势弯腰行礼。

“我是木席鞑勒部族的伊德里思汗，在锡兰答内出生长大，所以宁愿在此等各位到来。我的商队已经准备好了，这会儿，我的马夫们正把牲口牵来加入你们，我也带了粮食与诸位共享。我知道沙漠这条路，的确很危险，但真的快多了。我们所需要的只是一点运气，通过红花迷阵就没事了。”

“一点运气?”都朗尖酸讽刺，“去问问那些没能回来的人吧!”

我对他投以疑惑的目光。

“红花迷阵，”都朗接下去说明，“是盐海和石族国之间一道极为棘手的谷地。若在适当的季节前往，没有任何危险：树林正值睡眠期。但若遇上屠杀季，那可就是另外一回事了。树木醒过来后会长满尖刺，射出千万飞针，如野猪獠牙一般又尖又长，力道强劲恐怖，没有任何活物躲得过。”

“很好，”我说，“只要在适当的季节出发就行了。”

“可惜你无法预测那个季节何时到来。事实上，何时展开屠杀季，由树木本身来决定……”

“在这种情况下，难道就没有任何庇护的方式？”

“这些树木会射杀方圆 30 步内所有会动的东西。蜷缩在坐骑的腿肘下，把头埋进它们的蹄子下，通通没有用。人与畜，每一个活口，最后都将在尖刺针雨之下结束生命，活生生变成插满针的针包。据称，森林汲取遍地鲜血，制造新的树液。拜托别算上我这一份。”

“不过，只要晓得这件事就行了：在屠杀季时，森林会开满壮丽的红花。”伊德里思汗带着饶富兴味的微笑，断下结论，“我们什么时候出发？”

“明天。”

“那么，我想，该是大家去休息的时候了。”

加上伊德里思汗的人马，商队人数多达 60 人，牲口也增加一倍。我们步行了三个星期，走过一座又一座绿洲。真正的沙漠从盐海边才算开始。地平线后方，海面强光粼粼，闪得人睁不开眼。白日之中，酷热直逼难以忍受的极限。从第一天起，盐分就吸干了我们的唾液，炙烤我们的肌肤，刺激我们的眼睛，攻击牲口的脚皮。都朗建议我们牵紧它们，以防它们误以为那一大片银白闪亮的是湖水，拔腿冲过去。那一面面镶着细沫的银镜与天空较劲，不甘示弱地反射强烈光线，但其实下方暗藏流沙。在这片沙漠里，所谓的路，不过就是因覆盖了一层厚盐而变硬的狭长沙洲。碍于日间的耀眼亮光，这些路径不易察觉；但到了夜晚，无数萤火虫栖停其上，描绘出一整张纵横交错的路网。

所以，我们只在夜间行走，跟随地上隐隐闪烁的微弱星光前进。商队人马踏过，碾碎小虫，逐渐将路径一条条踩熄。而商队队伍拖得过长，走在最后的几人就少了这点点微光指引脚步。康比斯的一名马夫因而迷途，滑入一片浓缩盐卤，还把用缰绳牵着走的三头牲口一起拖下水。无论我们如何努力搭救，他们仍一下子就被吞噬；而队伍最前方，领路人都朗高声催促我们加快脚步。第七晚，一声震耳欲聋的巨响指示我们：铁矿山已在附近。那差不多是沙漠的中心点。根据传说，铁矿山下埋葬了一整支军队。而事实上，的确有一种闷闷的战鼓擂鸣从地面传出，在无边寂静中，音场显得更加清晰。都朗强制规定我们以最隐秘的方式行动，以免惊醒这支沉睡军队。伊德里思汗熟知这些山脉的每一个细节，反而坚持绕道前往，保证在那里步行不需害怕突然陷入流沙，而且找到水源的几率也很大。他说得果然没错。尽管山势险峻不友善，总算也提供了些许凉荫，甚至有足够的水，让我们补满库存。

伊德里思汗是位神秘的男子。与许多木席鞑勒人一样，看上去有一股傲气。他蓄着精心修剪的短须，眼神锐利，动作精准，话不多。疲累似乎永远无从对他下手。只要一壶水，一把椰枣，再带上猎兔犬卡伊，他就能在黎明前出发狩猎，几个小时之后再追上我们，且仍然神采奕奕；反观我们被夕阳拉长的影子显得无精打采，似乎把我们拖在更后面。伊德里思汗用他那简洁有力的点头方式向我打招呼，归队回到他的位置。

越过铁矿山之后，盐海又夺走我们两匹牲口，还灼瞎了一名老马夫。我们抵达盐海边缘的山丘，宛如船难历劫生还者，皮肤红肿疼痛碰不得，精疲力竭，全身脱水消瘦。距离喀拉古伊，路途仍十分遥远，我们必须在冬天来临之前到达。

红花谷那些大名鼎鼎的夺命树看起来并不像具有攻击性。一株株大树笔直抽高，树叶稀少；但远远望去，树干与树干之间的距离逐渐拉近，进而形成一座浓密阴森的柱廊。一小群珠鸡从我们脚边经过，一路咯咯叫。伊德里思汗跳下坐骑，一手抓住猎兔犬的项圈，另一手提着一只布袋。这几天以来，我一直对那只布袋里时不时的跳动感到好奇。他一下子把袋口打开。一只沙漠野兔从中跃出，用

后腿蹲站，眼睛眨动，长耳轻摇，跳了几十步之后，逃逸无踪。伊德里思汗等了一会儿，然后才放手让猎兔犬去追踪野兔。犬儿消失在夺命树林间。我听了好一阵子，林子里的吠声逐渐弱不可闻。我们再度被无边寂静笼罩。过了半个小时之后，伊德里思汗呼喊他的猎兔犬。一次，两次，十次。传来一声哀嚎回应，猎兔犬卡伊总算回来了。它气喘吁吁地在主人脚边趴下，背脊剧烈起伏，被划开一道好长的伤口。伊德里思汗弯腰检视它的伤口，想必是擦掠树刺所致。依他判断，这反而是个好征兆，因为如果被触碰到的那棵树做出骇人的反应，其他树木必然随之跟进，那么狗儿早该被万箭穿心。他撕下一条布，包裹猎兔犬的腹部，示意我们往前。

我们战战兢兢地走入林地，不敢发出一点声响，试探每一寸土地。森林愈来愈茂密，小径蜿蜒，鸟鸣回荡。想象不出比这里更安静的地方。尤其是那片树荫，让人感到十分舒服。恐惧远离，康比斯和我甚至开玩笑说这些故事都是刻意编来吓小孩的。就在我们放肆大笑之时，骇然惊见白骨成堆：有一整支沙漠商队来不及逃离便被原地钉死；稍远一些，又见另一队人马，在同样的状态下被射杀个措手不及。于是我们重拾初踏入林时的谦卑态度。事实证明，这座森林里，每走几步就是一堆刺满植物利箭的白骨，叫人不禁觉得自己正走入一个张大嘴巴等着吃人的陷阱里。不过，最让我们恼恨的是喉头干渴发紧，脖颈之间汗流不止。走出迷阵后，我们整个松懈下来，欢天喜地地攀登一列山脉。山里常见羊群放牧，但牧羊人应该不常见到活人走出那片森林。他们呆若木鸡，眼睁睁地看我们经过，仿佛我们是一群直接从地狱逃出来的魔鬼。

4

沿着这条棱线前行，又多走了两天，才抵达最接近石族大漠的高耸山峰。我们在一堆奇岩乱石下爬行。整个过程中，日照毒烈，有时必须弯下脖子，把头埋在摇摇晃晃的巨岩下方，脚踏之处随时迸出裂缝，而这些尚不足以形容艰险程度的千万分之一。都朗远远地走在最前面，时不时就呼喊我们赶快跟上。这座迷宫的尽头宛如一幢天然城堡，标示大漠入口。足迹从西向东烙下，穿越一座又一座岩石，一条千年古道由此展开。我诚心夸赞都朗的带路本领。他只来过这里一次，而且是在多年以前，竟能一次也没出错，重回这个关口。

老商人康比斯梦想着能遇见石族。由于这个部族几乎总处于浓雾之中，对商业一点兴趣也没有，这就表示，根本不可能见到他们。他们的生活方式太粗陋，外族不易侵犯。在这片单调无尽头的沉闷土地上，他们骑着巨龟，以颈子上的干酪项链充饥，迁移游荡，仿佛永不厌倦。许多见闻实录在在强调他们既野蛮又迟钝，然而，据说，他们诉说的故事可与日升帝国最美丽的传说匹敌。

这个区域天候阴冷，水气凝结，岩石湿滑。我们趴走在小径上，因浓雾而延迟前进的速度。康比斯时常站直身子，仰高鼻息；他的胡须散乱，眼睛半眯。“他们在这里，”他总这么说，“他们就在附近。”一天，我冷眼旁观他重复这些动作，竟听见一群沉重岩石互相碰撞、滚滚而来的声响。一阵爬行类动物的腥味突然充斥我的鼻腔。在我们前方20步左右之处，巨龟从雾中走出，有如怪兽一般。栖坐龟背上的男人(那能算是一个人吗?)，困于一件厚重的大衣中，与龟壳紧密相连，合而为一，仿佛来自尚无国王统治大地的远古时代。他停下来，对我们这一队人马毫无反应。巨龟抬起头，撑大鼻孔嗅闻，似乎在评估我们出现在此地的原因。它的每一只腿柱粗如百年橄榄树，底端是五根强而有力的脚爪，一根爪子约与人类的脚掌一样宽，牢牢抓进岩石缝里。石族丝毫不为所动，依旧深藏在宽阔的皮笠帽暗影中。最后，在一阵河床鹅卵石的滚动声中，男人与兽逐渐走远。我想，真正骇人听闻的，应该是他们动作之缓

慢：仿佛，在他们周围，时光的流逝胶着在浓稠的空气里，令人不禁反胃作呕。过了好一阵子，我们才晓得，原来我们也被那迟缓的节奏感染。人与兽，两只生物都已消失许久，然而这份缓慢仍滞留在我们的意识里，宛如一件又阔又重的衣裳，沉沉压制我们的梦想与思绪。

接下来的几天，岩堆之间相隔遥远。泥土终于重现路面，对我们来说，有如世上最柔软的地毯；毕竟，为了横跨沙漠，我们耗尽了所有的精力，毫无保留。三分之一以上的牲口都跛腿难行。好几名人丁无精打采，染上一种会引发嗜睡和极度疲劳的症状，即为著名的“石族症”。我们决定在出发之前先好好休息。

有一天，我在帐篷下一面喝茶，一面与人对弈一盘拿斯赌。在平时，伊德里思汗只会在一旁静静观看，面无表情地抚着猎兔犬的头；这一会儿，他却突然站起身，打断棋局。他稍稍欠身，取得发言权，然后喊我的名字。他对每个人说话都彬彬有礼，但客套仅止于语气，内容则总是开门见山，单刀直入。

“科尔内利斯·贝，”他说，“我想看那块云绸。”

“亲爱的伊德里思汗，我说我看到过，可没说我拥有。”

“没错。你不是这里人。你的眼睛和头发都偏浅，你是北方人。你根本不晓得我们即将穿越什么样的国度，却选择了最危险的一条路。在此之前，在巴萨尔达，我看你玩拿斯赌好几次。你胆子很大，科尔内利斯·贝，你有胆量也有勇气，做生意很冲动，却不疯狂，从不随便下赌注。有一股坚定的信心指引你的脚步。我只是想看看那块布料。”

这不是威胁，不算愿望，也不是命令。我们既已同生死共患难，我若拒绝，难免伤人。康比斯和都朗也靠过来。所有日升帝国的商人脖子上都随身挂着一个小皮囊，里面装有护身符，用来驱除巨灵和荒路上的其他邪灵。我打开我的小皮囊，里面没有别的，只有一方暗色亮面小布。取出那一小块方布展开之后，变成一条墨蓝色的大长巾，丝绢般的质感，缀满点点闪耀亮光。

“就是这块布。它还储存着被锁入皮囊那天晚上巴萨尔达的夜空颜色。这就是云绸。请看！”

我捧着长巾，张开双手，把云绸当成献礼一般展示。日正当空，众目睽睽之下，长巾的颜色逐渐变淡，然后，以闪电般的速度散发光芒。康比斯向我提出请求。他满是疙瘩的粗胖手指历经旅途风霜，不敢置信地潜入这道银闪闪的瀑布中。都朗和伊德里思汗也都渴望能亲手触摸一番。

“我现在比较能了解你顽强的坚持了，科尔内利斯·贝！”康比斯激动地说，“谁不想去追寻这个宝藏的源头呢？这是梦啊！是商人毕生的梦想！”

“这布料来自翠玉国。”都朗点头说，“以前，这种云绸甚至卖到南海各港口，但后来贸易就中断了；任何地方都再也找不到，就连喀拉古伊也没有。在我祖父那个年代，市面上还买得到，一匹布料的要价相当于他体重三百倍重的黄金。这块布怎么会到你手上的？”

当我告诉他们有人卖我六包云绸，又引发他们一阵惊呼。倾耗一个国家的财力也不足以买下这么多。以这项货品的价值来看，我所支付的可观金钱根本不算什么。不过，我又对他们解释，我虽然付了钱，却根本没拿到货，差一点毁了我们家的商号。说着说着，我回想起堤道上那个风雨夜、那个落魄的村汉和他湿淋淋的狗，仿佛灾厄的使者……

我叙述发现的过程，拿出伊本·布拉扎丁的书，向这群伙伴打听欧赫贝岛的事。他们完全没听说过这个国家。而且，这回轮到他们觉得地球另一面有陆地这个假设是个笑话。因为，对他们而言，毫无疑问，地球跟手掌一样平，只有大海和高山例外：深海探入一端的幽森阴暗，山峰触及另一端的天空。

我将长巾折起，放回皮囊；它像一只小动物似的溜了进去。

趁着这次中途休息，我们将载货做了一番平衡调整。把用来以物易物的珍贵货品装在坚固的木箱中，牢牢捆紧，并好好照料了载运货物的牲口。

等人畜都休息够了，商队重新出发上路。望着显现在地平线上的白色山脉，我们的冲劲倍增。

喀拉古伊城对我们张开双臂；此地处处花园绿意，律法宽容良善。我们驻扎在城里最大的商队驿站。除了舒适的厩房和客房之外，他们还设有温泉浴池，并有一群按摩师替我们消除路途疲劳。从巴萨尔达到此地，我们只花了五个月的时间。

我们出发去探访这座一层层沿坡建造在河流上方的大城。市集夜以继日，全天热闹滚滚。在这里可听见许多新鲜语言，交错的人群中，有长着丹凤眼、来自北方大草原的，另外还有肤色深褐的千神国族，或其他不容易辨认出身也不肯透露去处的人们。这里的女人绑着长辫子，发间戴着银饰，显得更加艳丽。不止一名商队旅者拜倒在城中美女的石榴裙下，进而在此安家立命，以至于城中人口都有着最美好的混血特征。

我请都朗替我们找一位向导，带我们越过隘口。一个穿着厚重大衣、笑容满面、黑色长发的年轻男子走进我们的营区，他叫度尔。

我们招呼他，大伙儿围着一大盘杏桃干和茴香饼坐下。大家都沐浴洁净，抹上香油，修剪了胡须，换上干净的新衣，并竖起耳朵，准备热烈商议穿山越岭的行程。对这个主意，度尔双手一摊：

"各位老爷，我担心这项计划一点也行不通。诸位的足行鸟在第一场风雪来临时就会力竭而衰，而且各位也不习惯对抗严酷寒冬。"

"我们可以替换牲口，添购大衣。"

"但是你们带不了这么多人马。大型商队无法通过那些悬在天边的羊肠小道，人数一定要少，而且每个人之间要能彼此信赖互助。"

"我们将精简人马，只带需要的物品。"

"那是一趟艰难危险的旅程。山里的神灵不认识你们，将以致命的雪崩把你们活埋……"

"我们英勇无畏，自有其他神明保佑。"

"各位老爷，你们说要前往翠玉国买云绸……"

“我们有的是珍货稀品可提出交换。”

“可叹！无论在山南或山北，你们都不可能找到这种云绸。我家世代相传都是镖客。我父亲的父亲曾为最后一批云绸押镖领路。整批货全部加起来只由一头牲口驮负。而现在，从山脉这一侧运过去的珍贵货品只剩蓝茶和月光石，如今也愈来愈难得手了。”

这段话对我们来说有如晴天霹雳。

康比斯当场深受打击。这一路长途跋涉，早已使他精疲力竭，他张着口，一时间竟说不出话。他的下颚紧靠着胸膛，摇头不已，揉乱那一把美丽的银白长须，一脸消沉沮丧的样子。我明白，对他而言，旅行已经结束。他不会再往前试探运气。

“科尔内利斯・贝，”他终于对我说，“原谅我，但如果云绸真的已无处可寻，我不能只为换取一个征服山岳的光荣，拿自己和兄弟的性命去冒险。能来到这里，我非常高兴。以我这把年纪，这已是一趟伟大壮丽的旅行。但我不会继续，以免一路走到全盘皆输。”

“亲爱的康比斯，我了解。请你相信，我会深深怀念你的好脾气。愿你在这里能做成几笔好生意。”

“至于我，我想继续往前，”都朗顺势接话，“但要付我多一点钱。我不喜欢被迫换掉足行鸟，用别的牲口取代。而且，交换得来的货也要算我一份，价值要与本来我能从云绸赚到的相当。”

“这太荒谬了。没有人能保证这件事，都朗。你自己也很清楚。”

“不要就拉倒。”

“那就拉倒吧。你会得到一路到喀拉古伊的酬劳，就这么多。伊德里思汗，你有什么打算？”

木席鞑勒人转身朝向贝朵安人。

“康比斯，我能把猎兔犬卡伊托付给你吗？”

“伊德里思汗，”老商人说，“这是我的荣幸。我会像对待我最珍贵的隼鹰一般悉心照顾它。”

得到这个回答，伊德里思汗站起来，转身对我说：

“那么，科尔内利斯·贝，准备下令吧！我们什么时候出发？”

5

事实上，我们耗费了好几天，才重新调整好商队。新向导度尔建议我们买 20 头牦牛。这种长毛牛的动作如羚羊一般敏捷。他雇用了三名山民，再加上十来位我们决定留下的弟兄。我们大手笔储备衣物、毛毯、干果和大饼。做好一切对抗高山峻岭的准备。我把给都朗的钱付清，依依不舍地告别好友康比斯。

我来自一个沙地淤积、雾气湿重的国家，那个国度处处水光倒影，辽阔多变的天空下，云朵漂移。我从没想到有一天会置身昂然屹立的山峰巨影中，攀爬如此令人晕眩的峭壁小径。然而，我的确在这里，举步维艰地忍不住痛骂自己。在我们脚下，山谷层层叠叠，愈来愈高；而每通过一道隘口，只不过是为了克服下一道隘口。生平第一次，

我走在云里。云朵缓缓滑动，如一群梦境将我们笼罩，被山脊上突出的尖峰擦出破洞。我回头望，只见一大片毛绒软呢，铺盖了下方的国度。紧接而来的是积雪的原野，锋利的冰砾乱堆，寒风萧萧刺骨、凄厉呜咽，要跟上那几个替我们开路的魔鬼山民更是难如登天！好不容易才点着的火，仅在火焰顶端微弱燃烧，几乎起不了加热的作用。一个个冷得要命的长夜，星子无情，比钻石更闪亮。

有一天，一只牦牛滑出山径，像石头一般滚落深谷。另一天，一阵雪崩在我们脚下轰隆崩塌，呼着冰冷的寒气，扑吻我们满头满脸；而上方，最后一道隘口惨遭暴风雪蹂躏，在闪电强光中颤抖。

度尔俯跪下来，祈求诸神饶我们一命。只有他才知道老天有没有给他答案。他带领我们走入暴风雪中，雷声隆隆大作，霹雳闪电不断击落下来。

然后，一天早上，远方的山脊突然变矮，对我们宣告：我们已来到山脉的另一侧！

我们找到最前线的几座堡垒，它们标记着通往翠玉国的下坡道。接下来，继续朝东前行。两个月之后，我们抵达一个大市集。市集就位于城墙高耸的城门口。玉兰城到了。

刚在旅店安顿好，我们就前往市集广场展开调查。度尔建议我们尽可能保持低调。但是，不向别人问起，又怎么找得到我们想找的东西呢？首先，必须先吸引顾客的注意力，撩拨他们的贪念，这些事并不难做到。我们行走商队的，最懂得如何在相遇初识时激发热烈兴致；因为我们的行囊里装了漫漫长路上的风波曲折，以及在每一个休息站新采集到的长篇故事。我们走进那些昏沉惺忪的城镇，拉着缰绳，牵着被囊袋和篮子压弯了背的牲口，疲惫的双足缓慢拖拉，带着几分对买卖和新鲜事物的迷醉。我们是打倒烦闷无聊的战士。已有许多人朝我们靠拢，想看我们有什么好货。为了交换我们的琥珀原石和珊瑚珍珠，有人献出新采的极品蓝茶，还有月光石。这种矿石的光泽会随月亮的盈缺周期明灭。我买了三颗，不比咖啡豆大，尚不知能做什么用，纯粹好奇罢了。每一颗月光石值十颗同等重量的绿宝石。

在这里，没有人亲自上场交易。大家都去城墙边那一排中介小店，出来时带上一名人员，走到可能有兴趣的买主面前；而这位客户也有一名分身陪同。不管有什么话，都只能附在两名中介耳边悄声低语。买卖方的中介两人将

右手伸入彼此的衣袖中，以手势沟通。只见这两片衣袖紧贴，浮起阵阵柔缓的波荡，或猛烈跳动，延续好一阵子。最后，其中一只手掀起袖摆出来，紧握另一只手。获胜那一方以鼻音吟唱，宣布成交价。想当然耳，对手的客户决不肯同意。于是两名中介重回工作岗位，从头再来一次。商议最激烈的时候，这些手势游戏简直像是两尾石貂，被困在丝绸地道里，互缠互斗。然而，衣袖之外，两人的脸孔宛如戴上蜡制面具，没有表情，喜怒不形于色。

伊德里思汗跟我一样，焦躁难耐的情绪滚滚沸腾。我们不懂当地的语言及风俗，而翻译和中介滥用这种情势，打算大宰我们一笔。经过反复比喻、暗示、提问，总算有些人明白：原来我们想买云绸。结果他们却个个变脸，大幅摆荡胳臂，呆头鹅似的摇头晃脑，匆忙溜走。我们不禁放声大笑，实在搞不懂这些人在想什么。费了好大一番工夫之后，终于有个人愿意靠近我们，并与我们约定：今晚，在至善无极庙和五大法王城之间的蛇市会面。

我们依约前往，并决定趁机尝尝那道陌生的料理。清炖、油炸、熬煮成汤还是裹粉香煎？或盘踞在篮子，或像皮带一般，被从颈部吊挂起来，蛇只浑然不知未来有什么样的命运等着它们。一双双巧手，有如整支军队，持着利刀，将它们开肠剖肚。小支架，大炖锅，大街小巷，从这头到那头，吆喝声此起彼落。伊德里思汗点了一份餐。我们一面等着那名同行，一面挤坐在小小的板凳上，抢先品尝香菜煮肉的美味，并且搭配上芒果干。

就在这个时候，巡逻士兵逮住了我们。

我突然感到有一掌落下，击中肩头。下一个瞬间，我已翻滚在地，并掀倒满桌好菜好汤。伊德里思汗则怒吼咆哮，奋力搏斗。然而此时已有六把长剑指着我们。人群尖叫，四散逃逸。

我们遭受重击，被推倒在地，脖子上套了一圈绳子被拖着走，根本无暇弄清到底发生了什么事，只得任人牵行，惨兮兮地来到城堡前。两扇青铜大门开启。我们被扔进大牢。

整整一个多月，我们被弃于牢中不顾，没有人来给点最起码的解释。

一天早晨，我透过囚室的铁栏杆往外望，远方，白色山脉的尖峰闪闪发亮。当初走了这么一大段路程，抵达那一座座山峰，横越山岭；而现在，明媚的光线下，那道断断续续的棱线画出界线，山的那一边是我们尚且自由的时

光。守卫打开门，我眨了好几下眼睛才认出度尔。他获准探访我们。他四处打听过，告诉我们：再也没有人可以买卖这种布料，大权严格操控在玉皇帝一人手中。早在许久以前，这布料的名称已被禁止，不能讲出来。否则，以死论罪。我们的案子将在新月时开庭审理，而如果判决无疑，则将在下次新月行刑。

“好。”伊德里思汗打断他，对这则应该算很悲惨的消息一点也不在意，那双用炭笔描过的浓眉大眼溜到我身上，“科尔内利斯·贝，我们什么时候出发？”

我转身面对度尔。他告诉我们，基于不可讲出布料名称这道禁令，审判将在总督宫殿的地窖秘密进行。不会写下白纸黑字，也没有人能在场见证。由于判决不可能公开，行刑也只能于深夜在城外解决。所以，那将是一个好时机，也是唯一的机会。如果我们肯把钱财交由他全权处理，他就能找到同谋帮忙，买通守卫，让他们装聋作哑。伊德里思汗挑起眉毛，觉得有趣。

“你认为该怎么做就放手去做吧，亲爱的度尔。该拿多少就拿吧。需要的东西通通拿去。我的货箱甚至根本没上锁。”

“我的也是。”我接着说，很高兴我们两人志同道合，都愿意信任向导。

狱卒粗鲁地用力捶门，示意探监时间已结束。

正如情报所说，审判在密室进行。

我们被带着走了一道又一道长廊，上下一串又一串阶梯。一座拱顶大厅，线香烟雾氤氲缭绕，判官坐在高位，活像一只淹没在丝绸锦缎里的蟾蜍。他双眼浮肿，肥厚的下唇显露轻蔑。这个冷漠的庞然大物手里握有我们的生杀大权。我们被迫在他面前屈膝，跪在一块磨损了的方砖上。几百年来，不知有多少囚犯被迫在这个地方的同一块砖上，做出同样的动作。审判进行的方式与市集广场上的议价如出一辙。这表示，不准说任何话，也不会有任何文字记录审理过程。基于云绸的禁令，不得不采取这样的防范措施。所谓的审判“文件”，其实只是一系列变化莫测的抓握手势，由陪审官在宽长的衣袖里秘密展开。等他们停止动作，三名抄录员一致将毛笔浸入清水中，书写没有墨痕的报告。我微微歪头，看到那些荒谬的密谋动作，围着一样东西打转，从一个人手上传给另一个人，引发几声不敢张扬的惊叹。最后，我总算辨识出来：那是一本小册子。但我才刚伸长脖子想看得仔细些，一名侍卫就猛打我的背，强迫我低头看地面。然而，一名陪审官失手没拿好那本薄册，使

它刚好掉落在我眼前。那是伊本·布拉扎丁的靛蓝双岛论著！他们竟然偷走我前往欧赫贝的唯一凭借，那是我亲眼见到那座蓝山的唯一机会！而如果他们能拿到这本册子，想必也就表示，我们其他的财物也都被没收了。开庭已经好几个小时，没有人问我们半个问题。我知道过了多久，因为旁边摆着一座漏壶计时。在我们屈膝长跪、等待判决的这段时间，水滴一滴滴落下。一名法官朝一张漆釉木桌走去，桌上排着一列小棍棒。他拿起两支白色的，压成好几块碎片，扔入火盆里。碎片在熊熊火焰中弯曲变形，燃烧殆尽。男人转身面向判官。

“断手断脚，火刑。”伊德里思汗咬牙对我悄声说。

判官仍然面无表情。陪审官的衣袖里又展开一场商议，终于得出另一个结论。男人又转身拿取小棍棒。这一次，他取了两支黑色的，看起来是青铜制成。他走到一个装满水的盆边，把棍棒一支一支丢下去。棍棒沉入盆底。这次，判官点了头。

“溺刑。”伊德里思汗低声说。

抄录员加倍勤奋地忙碌抄写。

他们飞快运笔，笔尖轻掠纸张，洁白无痕。

守卫把我们带往另一间囚室，位于宫殿地下极隐秘幽深、彻底漆黑之处。如果度尔所言不假，行刑的日子定于下一次新月来临之时。他们允许我们留下干净的衣服和护身符。在我颈子上的小皮囊里，那几颗月光石和折叠好的云绸收纳在一起。我把石子放在囚室角落，远离门上的凿孔，守卫的视线完全看不到。这些石子向月亮借光，能指示我们月相盈亏。时间漫漫无尽，我们盯着这三颗小星星，黯淡的白光愈来愈亮。最亮的时候，它们周围有一圈淡蓝色的光晕，与仲夏夜的满月一模一样。接着，亮度逐渐减弱，终于仅剩一丝微光颤动，灭去，将我们重新淹没在彻底的漆黑里。新月来临了。重锁哐啷，牢门开启。火炬挥舞，我们的眼睛被熊熊火光照伤。

我们爬上阶梯，反方向走过狭长的廊道，拖着沉重的步伐，穿越一座座中庭。押送的卫兵走得很快，不时往我们肋骨推一把，杠一棍。我们经过时，其他侍卫纷纷别过头去，以免看见不该看见的面孔。我们一路走到一面城墙下。一名守卫打开墙上一扇小门。我只听见下方河水汩汩流动。

我们的双腿被从后方打了一棍，屈膝跪下，然后一切都消失了：我们被套进大麻袋，又被抬了起来，冷不提防地，被抛入空中。

迎向我们的，是湍流的寒意及其潺潺喟叹。

度尔背叛了我们。

猛然一记撞击，并非想象中的扑通落水。一艘小船剧烈摇晃，好不容易恢复平衡。

我挪动疼痛的双腿；左腿膝盖窝里肿了一个鸡蛋大的肿包。又是几记棍棒，使我再也动弹不得。

小船全速冲出。完全无法得知我们将被带往何方，但船只顺流而下，朝城外下游前进。他们不愿与我们接触，转身背向我们，要把我们淹死，溺毙在这没有月亮的幽黑暗夜，离玉兰城远远的，以免我们不洁的尸体玷污这座城和城里的居民。所以，这布料，这神秘的云绸，到底是什么样的东西，竟让想得到它的人背负如此严重的亵渎罪名？毕竟，除了询问哪里可以取得之外，我们什么也没做。

我感觉到，在滔滔水流声中，我们已抵达大河中央。

突然，叫嚣四起，尖声长啸。一团东西砸在我身上。利箭射进船身，空中的嗡嗡振响戛然而止。

小船和另一艘小船撞击。有人跳上我们的甲板。激烈的打斗、喘息、召集暗号、叫骂、哼气、刀剑交锋、激烈砍杀。有人来劫我们！顿时一团混乱。我半个身子被拖进水里，脑袋在船舷边缘结实地撞了一下。我到了另一艘船上。一具躯体重重地摔在我身上。想必他挣脱不开束缚。我悄声探问："伊德里思汗?"然后，几乎听见他嘴角上的笑意："科尔内利斯·贝?"

这时，响起一个在下达命令的声音。是度尔，我们的向导，他没背叛我们。他以短刀划开我们的麻袋。我从这个鬼东西里爬出来，吞吸一大口新鲜空气。我们的船打侧舷靠岸，河水从旁冲刷，我们试图横渡。河底的鹅卵石刮磨船底，止住小船偏滑。度尔就坐在我身边，手里拿着刀，长发编成辫子，一脸微笑。

"你骑过牦牛吗，科尔内利斯·贝?"

"从来没有……"

"那么，今晚你就学学吧!"

我们跳上岸。我发觉有几棵松树比较高大，在阴暗的树荫下，我瞥见几头牦牛，全都套上了装备；另外还有一群汉子，眼观四方地保持警戒。度尔拉着我的衣袖往前奔去。我们都跑了起来。伊德里思汗已经跑在最前面。

我跟在他们后面，但膝盖疼痛，影响我的步伐，只得扶着腿，一跛一跛地快走。利箭再度射来，无法看出来自何方，数量多过一窝大胡蜂。度尔倒下。一队士兵现身。

他们的头盔闪亮，吼声粗哑，在碎石上疾驰，停下，拉弓。又是一阵箭雨。我的去路已断。伊德里思汗远在前方，什么也没察觉。他已差不多抵达牦牛旁边，并跳上座鞍。我在度尔身边蹲下，他动也不动。我奋力将他扛上肩，跟他说话。他没回答，乱箭杀死了他。士兵渐渐围上，来势汹汹，朝坡道上方扩散。

“科尔内利斯·贝!”伊德里思汗突然高喊。

乱箭咻咻朝他飞去。他瞬间明白了我的处境。他扯动牦牛，打算朝我的方向赶来。但他的伙伴拉住他的缰绳、座鞍，甚至足镫，强迫他回头，拉他、推他往坡上走，将他扯进隐秘的树林中。

“科尔内利斯·贝！我们什么时候出发?”

我撑着站起来，双手圈成话筒。

“伊德里思汗!”

“科尔内利斯·贝!”

“替我问候康比斯，伊德里思汗!”

我朝河流的方向奔去，跳进冰冷的河水里，立即被卷入滔滔水流……我被斜斜地冲往下游，长满松树的山坡离我愈来愈远。我看见几个黑影沿着堤道奔跑，一支利箭劈入水中，就落在我面前。另一支直奔而来，终究在稍远一点的地方落下。我已漂到射程之外。河道拐弯，城墙消失。我攀住一根树枝，再抓住另一根，用力一拉，双脚踏上砾滩。那是一座河中岛。幸好，夜色十分漆黑。若被处决，今夜本该是我的死期。我在这座岛上跑了起来，处处荆棘；膝盖破皮了，脸颊和双手刮裂了，我身上满是擦伤，不断挨打。我拨开那些如长鞭般伸展的树枝，从另一岸再度跳入河中。这从高山流下的大河啊！又宽又阔，堤岸一望无际，奔流得好快，水势凶猛如瀑。而我，卑微、弱小、残破，忍受有如千刀万剐的火热疼痛，但我终究还是活着，在涡流中旋转起舞。我的牙齿喀喀作响，响声令我畏惧不已。莫非，我就快冻死了？

天亮了。我被冲到一座小村郊外。为了避人耳目，我绕路走进田里；因为在此地，就连最恐怖的魔鬼，也不像我一头金发，更没有一双蓝眼睛。我沿着河走了很久，始终与村落保持距离。田里有个稻草人，任我摘下帽子取走破衣。我在坡道下方，发现一艘载着一大堆芦苇的小船。两名船夫站在水里钓鱼。我悄悄爬上船，藏身草秆堆里。他们油炸小鱼饱餐之后，将小船推进河里。我沉沉睡去。

我醒来的时候，夜幕即将降临。我冒险掀开身上的芦

苇朝外偷看一眼。我们在几百艘舢板之间漂流，岸上高处有一座大城，幽暗之中，闪烁万家灯火。正是晚餐时间，人们围在锅灶炉火旁谈天说地。船夫们将小船的缆绳系在一艘舢板上，停泊下来。一个声音叫唤他们。他们去了另一艘船上。我趁机逃溜。康比斯曾告诉我，所有翠玉国的大城都有一个区域专门保留给外国生意人，让来自日升帝国的人能建造他们的客栈，也就是他们长期贸易的海外据点。我毫不费力就找到这个外国人区，就在城市最边缘。但枉费我走遍一条条漆黑小巷，却怎么样都找不到看起来像客栈的地方，我累弯了腰，垂头丧气。思索了一番之后，我猜想自己来到的不是一座商队大城，而是傍水之市，货物在此集散，由江河运送。于是，我沿着堤岸前进。

煎烤芝麻的香味引我找到他们。他们坐在门前，面对停泊河上的船只，嚼着芝麻粒，正在下一局拿斯赌棋。那是三个日升帝国的商人。我朝他们走去，辨认出一个贝朵安人的口音。我走向前，依据他们的习俗，跟他们打招呼。他们停止交谈。我报上姓名，但他们没哼声。我看起来应该很不得体：衣衫褴褛，蹲了两个月苦牢，面黄肌瘦。失望情急之下，我脱口说出：我是康比斯的朋友。这个名字立即引起一阵悄声耳语，决定了我十年的命运。他们其中一人环住我的肩膀，给我一个拥抱。对贝朵安人来说，这发自内心的热情的动作代表着“欢迎”，而要终止这一份誓盟，只有背叛一途……

他名叫拜耶利，顶多大我五岁。他告诉我，康比斯是他父亲最要好的朋友。其他两人年纪较长，仍不断打量着我。他们也报上自己的名字。他们与拜耶利不属于同一个部族，并坚持要我明白这一点。拜耶利叫人送上餐点。我早就饿昏了头，不等吩咐就径自开动。我吞下一大碗料多味美的面条，一面忙着利用扒面的空当回答他的问题。但他看我已经困得猛打瞌睡，就给了我一个房间过夜。我瘫开身子，一下子就沉沉酣睡。醒来后，我在前晚相遇之处找到他。他正在监督卸货，面前摆了一份早餐。他邀我过去同桌共享。

“在这里，也就是西囊城，很少看到外国人。”他对我说，“而且没有一个有像你这样的头发。你的眼睛颜色太浅，令人害怕。你最好把真相告诉我，我才能帮你。”

我讲述成立商队之事，抵达喀拉古伊之前和康比斯共度的美好时光，穿越白色山脉途中的万分惊险，以及在玉兰城堡垒我被逮捕和逃亡的经过。

“所以，那已是两天前的事了。如果他们要通缉你，城

里应该早已到处布满士兵。他们想必认为你已经死了。不过，你不能因此就轻忽躁进。这里的人好奇心很重。你一出去曝光，肯定被抓。”他把我从头到脚仔细打量了几遍，“你需要其他衣物，尤其需要一份盖有官印的文件，证明你合法居留此地。我会打点这一切，科尔内利斯·贝。我们就说你是搭运送最近这批茶叶的舢板来的。”

“谢谢你，拜耶利。”

“我会对外宣称你是我的生意伙伴。这是避开棘手问题的唯一办法。”

拜耶利为我敞开他家的大门，这也只有贝朵安人做得到。他向我介绍他的妻子，梅，一位美丽的西囊女子；他们的小女儿，倩和巧，像两只活泼的小老鼠；孩子们的外公外婆，栋和淑。这一大家子都惊愕地睁圆了眼。由于我和拜耶利的身材差不多，他拿出自己的衣物让我穿上。白色麻裤、黑帽、暗灰色丝绸长衫，腰间系一条同样材质的丝带。他还教了我两手抱揖鞠躬的行礼方式。

我想把月光石送给他，报答他对我如此慷慨相助。但他坚决不肯拿，若我再坚持，恐怕就冒犯他了。第二天一早，他就带我去城里各衙门办事，我被登录在外国商人名册上，用的名字经过翻译后，叫做“金脑”。

“这名字是你的主意，还是他们取的？”我问他。

“是我的主意。为了保护你。”他对我说，带着我沿河岸走，“一般来说，像你这样浅色的头发，会带来厄运。这个外号会为你带来财富。我昨天可不是随便说说，我的确需要一名伙伴。我一个人没办法同时处理全部的事。你昨晚看见的那两名商人只是过客，已经赚了不少，马上就要离开了。你爱好旅行，我呢，被家庭和货物集散的生意绑在这里。我需要找个人来帮我拓展业务，你可以替我跑腿。这个国家很大，是一个美丽的大国。”

我花了点时间考虑。白色山脉之路必须经过玉兰城。我被审判定罪之事并未留下痕迹，而且名义上已经淹死了，但我不能再回那里去。自从遇见伊本·布拉扎丁之后，我所做的一切计划只往前看，不留退路。远方之蓝，似乎到处都可见，但无论在何处，总在旅者的脚步抵达前散逸；但在每个地方，这抹蓝都呈现一种不同的韵味……

“这是一个很好的提议，拜耶利……”

“你愿意吗？”

“我愿意。”

拜耶利带我参观客栈。客栈正门直接对着河堤，后门打开即见一座宽阔的庭院，地上铺着形状不规则的红砖。

后院周围则是通往马厩、工作坊和客房的廊道。商人带着仆人在此生活。另有多如一个无敌舰队的船夫，为这些商人载运货品，分送到大河上下游。拜耶利把瓷器和蓝茶卖到沿海各港口，大约要十天船期。他的生意项目很多，其中一笔是进口装在竹筒里的暴风雨火药粉，但这种火药很容易着火，只能在城外支店贩卖。那家支店位于河川较下游处的另一座岛上。

“我靠这种火药发了一笔财。”他告诉我，“在这里，所有节庆都用雷电来庆祝。刚开始接触时，的确会被它的威力吓到；但是你看着，很容易就习惯了……”

他教我如何辨识客户和供货商的印章，并仔细讲解每一样货品的不同等级。

老爷爷，栋，则启蒙我算盘的用法，并耐心十足地教我认一些我可能用得到的字。这种文字把所有字母都集中在一起，写成一个单独的符号。

“金脑，”他笑我，“打算盘你很灵活，但说到认字，你那副不知所云的窘迫德性，就像想偷偷躲进沼泽里的鸭子一样。”

过了五六个月之后，我认得的字已足以开始协助拜耶利。我发现，他不仅很有生意头脑，也热爱收藏地图。他以高价买下好几张翠玉国和边界各国的地图。他只为我们两人摊开这些地图，因为在他身边其他人眼中，那些图案简直比云朵的行进更缥缈，看不出有何用处。拜耶利的指尖拂过一条条河川上方，暂停在各大城上……

“我们在这些丘陵采收蓝茶。”他说，“而这里是月光石矿区。当地居民的住所是凿在山壁上的洞穴。玉皇帝的避暑夏宫在这块山区扎营，在这里，可以找到最多旋涡僧侣的寺院。暴风雨火药也来自这个省份。瓷土来自西方的山谷，而品种最优良的养蚕桑树则生长在南方山区。”

“那么……云绸呢？”

他整个人向后弹，惊惧不已。

“小声一点，金脑。即使在这里，讲出这句话还是很危险的。只有皇帝能拥有不可说。”

“不可说？这是什么意思？”

“那种布料。据说，它被装在封印的箱子里，只在夜晚运送，就连载运的船只也只在夜间航行，张着全黑的帆……”

“这太没道理了！为什么要如此谨慎小心？”

“听说，这种布料在呈现靛蓝色时运送最顺利，而那是夜晚的颜色。它来自一个很遥远的国度，在世界的另一

面……”

“欧赫贝！”

“我从来没听见过这个名字……依我看，那应该是一种特殊的丝料……如果真是这样，那么它就是在翠玉国本地制造的。”

“你从来没见过吗？”

“当然没有，你想想，我要怎么……”

我拿出装在皮囊里的云绸长巾。和我以前的伙伴一样，他也发出惊呼，赞叹那不可思议的色彩变化。

“就是为了它，我才会千里迢迢来到这里，亲爱的拜耶利。为了它，我冒生命危险，走入盐海，进入夺命树林。为了它，我横越白色山脉，忍受酷寒及牢狱之灾。这一切都是为了追溯云绸的来源……而且，相信我，我可没有皇帝那样神通广大！”

“这件事我帮不了你，金脑。任何人都不准站在运送不可说到京城的天朝进贡团前面。贡品运达皇宫之后，由保镖所组成的暗影卫队随即神秘消失。皇帝每年都派人强掳少男，以便日后接班。”

“这所谓的天朝进贡团，阵容庞大吗？”

“从他们所征调的粮草数量和 40 匹替换用马来看，阵仗不小。整条进贡路线上所需的一切都经过事先规划。可充作驿站的寺庙共有 108 座，全部属于旋涡僧派。进贡的路途每晚改变，没有人知道确切的路线。每一座庙都需做好准备，随时待命。”

“应该还是有办法接近，这么一大队人马，不可能不引人耳目。他们总要拿火把或灯笼照路。”

“别想得这么简单。整段旅程他们都完全不点火。除非是鬼，否则没有人看得见他们。他们使用暗夜地图，利用月光石照亮，用狼皮包裹马蹄，行进无声，以手势沟通。他们训练猫头鹰侦察环境。所有不小心碰上他们的，无论是人还是动物，都得消失。千万别再提起你给我看的东西，金脑，因为你会被处决，而我既然接待了你，也会遭到相同的命运，还有我们全家、我手下的所有伙计、跟我往来的所有顾客，一律抄斩……”

“究竟为什么如此神秘?”

“你真的不知道?每天早晨，就在太阳升起之前一刻，两名恩泽宫的宫女来到皇帝寝宫。天子依然沉沉熟睡。宫女拉开三层帷幕，分别代表休憩眼帘、梦境眼帘以及遗忘眼帘。她们将窗户敞开，将一面以不可说布料制成的旌旗舒展开来。虎、龙、牛、猴……旗面上绣着当年的生肖，

仍染着夜色。这面旌旗放在初升的朝阳和皇帝的尊容之间，只为捕捉黎明晨光而展开。这段时间内，要在龙床右边的雪花石杯中滴一滴蜂蜜，左边的翠玉杯中滴一滴朝露。然后，两名宫女卷起旌旗，收入一宝匣中。匣盒上也标记着当年的生肖。这个宝匣由一位夜官封印，并命人送到万变天宫。

“每天重复?”

“每天重复。这些档案记录了圣上晨曦灵光激荡之成果。”

“但是为什么要这样把天空的颜色保存下来?”

“因为皇帝的每一个决定都依照他醒来时的心情封存。如果后来需要解读释疑，就有依据，能回溯到决定当天的天气。只要破坏封印，打开宝匣，拿出不可说，就能看看那是个令人心情愉悦的晴天，还是相反的乌云密布、风雨欲来。”

“也就是说，没有人逃得过他的任性脾气。”

“如果你是这样想的话，还是自己知道就好，千万别说出来。在这里，没有人敢嘲笑天子的性情。夏天，当他带领朝廷臣子到山区避暑时，绝不容许雨水落下，打扰假期。宫里有一阶高官，全是气象学家，负责预先找到适合扎营的向阳地段。那些官员的地位比丞相还高，但万一出错，那可悲惨了！”

“我懂。意思是说他奉天承运。我告诉你吧，拜耶利，就我们两个私下说说……(不由自主地，我本能地压低了嗓门)我才不信，这一切仪式只不过是用来巩固神授君权的传说，掌控凡夫俗子得不到的权势。皇帝只不过是个平凡人，跟你我一样，不多不少。”

“这些想法可别告诉别人，金脑。他是人也好，是神也好，总之，在这里，我们必须听命于这位玉皇帝……为了保你的命，还有我的小命，请你千万别忘记……”

6

接下来的几个月，由于拜耶利无法亲自到外地出差，他便逐渐把这项任务放手交给我。客栈生意兴隆，供货来源枝开叶散，已遍布所有省份。我爱极了出差，多亏这些任务，我去了许多最偏远的地区。最初几次接触时，我的浅色头发的确造成阻碍；但很快地，就逆转成一项优势。这是因为，大家本来就知道拜耶利是一位头脑灵活的中盘商，而他的使者“金脑”每次来都确实付现，一手交钱，一手交货，更替他博得良好的商誉。拜耶利要求我尽可能经常画出我走过的路线图及路上的景物风貌。他对我说，完美掌握对整片领土的认识，事业才能成长。这项活动基本上违法，却令我逐渐着迷、愈陷愈深。我总随身携带纸笔墨水，借此将不少寺庙编造成册。这些庙宇可能充作运送云绸的天朝进贡团驿站。

后来，大约过了一年，客栈来了一名年轻伙计，名叫仔虎。拜耶利建议我把他带在身边帮忙。仔虎脑筋动得快，办法多。他几乎会讲所有城乡的方言。但有优点就有缺点，这个人有两样毛病：碎嘴多话，而不说话的时候，那张嘴都用来填补仿佛无底洞的惊人食量。无论我们在哪投宿，他总会先搭讪旅店的厨子，接着是店家老板、老板娘和女仆，直到与每一位下榻的过客都混熟。然后，他就花了我大把大把的银子吃了焦糖熊掌、胡椒蜂蜜酥脆蚱蜢、干酪丝裹蝾螈油炸盒子或蝙蝠镶肉。他什么都吃，每天不停地吃，连夜里都还要嗑零食！虽然他吃了这么多，但却始终瘦得像根毛笔杆！

在茶树丘陵里，陡峭的小径上，翠竹林间或红松树下，或沿着水稻田埂走时，他也一路说个不停，说他吃了什么、想吃什么、应该吃什么。有时候，我一股怒气冲上脑门，忍不住吼他："仔虎，够了！"他嘟着嘴不高兴。这时一只蝴蝶飞过，他又拿蝴蝶重开话匣子，说他也喜欢花，正如蝴蝶爱在花丛流连一样，他特别喜欢栉瓜的花，更喜欢裹粉油炸栉瓜花。他爱极了裹粉油炸栉瓜花。啊！大度鹭鸶旅店的林嬷嬷，她的裹粉油炸栉瓜花真好吃，实在是人间美味。哎呀，到底什么时候才要吃饭？叹息。我们停下来。

他泡茶，我拿笔速写当地地形，打算回去之后交给拜耶利当地图。仔虎咽下一口蓝茶，咂咂舌。嗯，甘醇……

“金脑，茶叶分早采和晚采，你知道吗？有些制茶人对前一种拿手，另一些则擅长第二种。不过，最重要的是年份：适当的雨量，微微和风，连续天晴，第三次月亮升起……对了，话说你喝过银毫这种茶吗？没有？你会喜欢的，金脑……茶叶缓缓舒展，直立漂浮，像一株株小鱼苗，透过热腾腾的雾气，看它们在茶碗里游来游去。”

“够了，仔虎！我正在画图……”

他蹲坐下来，搔着下巴。

“那么，雪花茶呢？冰冻的花朵在滚烫的温泉水中旋转，撞得牙齿喀喀作响。也没喝过？真叫人不敢相信！那么，雷火茶呢？龙血引爆一阵怒气，就连最麻木的懒鬼、脑袋最昏沉的冥想隐士也招架不住。那可比胡椒野姜酒还呛辣！连死人都要被唤醒！”

“够了，仔虎！拜托，你有完没完啊?!”

他举起一只手，垮下脸，转过身，假装凝望风景；但他心情突然又开朗起来。

“那个，呃，灰森林里的黑茶呢？那会让人平静，很平静，甚至到绝望的地步。而这种茶，每 12 年才采收一次，要在孤牛年的秋雨季进行。你喝过吗?”

我终于怒气爆发。

“没喝过!”

“没有?真的?!”

“你走开,仔虎!我在工作!”

“啊!真是太可惜了!只要喝一口黑茶,保证火暴脾气和烦躁症头全部消除。”

叹息。我必须说句公道话:仔虎是一部活百科全书,而且生性乐观勇敢,对什么事都笑嘻嘻。他能在万丈深渊上,步伐轻盈地过吊桥;在老虎呼啸的林间空地里,熟睡得像个婴儿。有一次,两个毛茸如熊的劫匪意图拦路打劫。他们挥舞短棍,快如闪电,下个瞬间却被钉倒在地,一头雾水。仔虎则一个翻腾,刚落地站稳。我根本来不及看清他是怎么一次击倒两个彪形大汉的。其中一人捂着手臂,气喘吁吁地调整呼吸;另一人跛着脚哀嚎。他朝比较壮的那人走去,翻搜他的口袋,拿出一颗苹果,张开大口咬下去,然后一屁股坐在敌人的大肚腩上。那人惊恐的眼睛骨碌碌地溜转。

就这样,吃着、聊着、走着,几个月下来,我们一起走过大路和小径、江流和运河。一队挑夫跟在我们后方,驼着背，弯着腿，扛着沉重的货，还要努力做派头，以便能配得上我们不可一世的兴隆繁盛。拜耶利在自家门口迎接我，对我伸出双手。我将礼物分送给他的家人：河蚌珍珠手环给梅，布娃娃和蝗虫竹笼给在仔虎身旁跑来跑去做鬼脸的倩和巧，龙纹刺绣长袍给栋和淑。附近所有人都受邀参加接风宴，商人、邻居、仆人和伙计都前来同欢。

我备受恩宠，得到盛大的款待；而等我沐浴盥洗，洗去旅途的劳顿疲惫之后，拜耶利将我拉到一旁，听我报告，清点检查账目和货物。

“金脑，”有一天，他对我说，“这里所有人都尊敬你，我更是其中第一人。从第一天开始，我就没把你只当朋友看……我眼看着女儿们一天天长大，岳父母大人一天天老去，岁月不饶人，你知道的……你为什么不讨个老婆？”

“亲爱的拜耶利，感觉上，你要说的事与我有关？”

“货栈的生意兴旺，前所未见。我们的库存足够一年以上。梅有个妹妹，闺名一个花字。如果你和她成亲，我们就真的成为兄弟了。”

“无意冒犯，你可别生气：对于长途跋涉、体验路上的各种惊奇，我还意犹未尽。花小姐是这河畔最娇艳无比的一朵花，我不确定她是否该属于我。关于这件事，我曾请教过一位有点特别的占星师(事实上，我知道仔虎对梅的美丽妹妹花小姐爱慕不已，这个秘密他藏得很好，每天只在我耳边轰炸十次而已)。但既然谈到未来，我另有一个计划想跟你商量。我们必须盘算打入月光石市场的事。你知道吗？从我到这里之后，我那三颗小碎石的价格已经涨了一倍之多。这种宝石变得愈来愈难取得，显然愈来愈稀有了。”

“这项贸易掌控在月光石掮客手里，金脑。我什么也不懂。我们的生意已经这么好，你还需要什么呢？何必冒险去跟魔鬼打交道?”

“我知道，谨慎至上，明察秋毫……说真的，我并不是想转卖，其实是想到源头矿区去找那些宝石。”

“你疯了?!”

“事实上，在所有商业活动中，我只对这个部分感兴趣：追溯河川及其支流而上，尽可能到最远的地方，找到那条源头之涓涓细流。如果要我贩卖鲸鱼油，看着吧！我最后一定会掷出捕鱼叉。月光石矿大部分位于穴居国境内。就在北边疆界之外。我意图前往该地，但并非为了销售一般的月光石，而是其中最受垂涎、最精纯、能做出最细小粒子的……”

“天尘！”

“正是。仔虎会陪我去。但我不能让自己显得很寒酸。你愿意让我预支额外的资金吗？我保证不会连累到你的地位和家人……”

“你知道这天尘的用途吗？”

“用来炼制天尘墨，我甚至能把配方背给你听，这是我从仔虎那里得来的。纯月光石一两，配上茉莉精油七两，一起磨碎，再用一只蝙蝠的骨髓和一颗猫头鹰蛋的蛋白使之浓稠；在月光下曝晒一年，加入獴乳，过滤，倒入玉瓶之中，放进黑釉漆木盒中保存。”

“一点也没错。你知道这天尘墨有何用途吗？”

“暗影卫队用它在地图上描绘路线，只在夜间才看得见。”

“如果我没想错的话，你认为——而其实也只可能为了这个原因——你能借此成为宫中御用的供货商？”

“差不多是这样，没错。”

“我猜，这件事，跟不可说，没有任何关系？”

“天地明察，拜耶利，那个词可是由你说出口的。不过，我也不能否认我那么想过。”

“金脑！”

“为了找出云绸的产地，我已经走了许多路。它一直就在我眼前却得不到。看起来，只有靠载运它的朝贡团才能解决。我曾跟你提过，我追溯每一条河的源头……”

“金脑，我没见过比你更顽固的人了!”

“所以，你答应预支额外资金吗?”

他张开双臂给我一个拥抱。

“只是，你千万要好好保重自己……还有，要等仔虎回来，才能展开这场冒险……”

仔虎经常无缘无故离开。有时一个月，有时两个月；但他一定会回来，并带回许多不可思议的奇闻逸事，讲给我们听。

7

在一个晴朗的五月早晨，我抵达穴居国。那是一座凹陷在高山深谷中的高台。居所都凿在峭壁上的岩石里。要进入这些深谷，唯有靠人背驮，或应该说是倒挂在挑夫的肩膀上才有办法。对有恐高症的人来说，当挑夫的双足踏在横跨两岸、悬于万丈空中、岌岌可危的吊桥上时，可真是对神经的一大严酷挑战。而且光凭匹夫之勇到不了这个区域，另外还必须具备恒星一般的耐心。我身上带着一大捆官方信函，应付那一连串关卡，呈给那些板着一张苍白面孔、一步也不肯妥协的守关人。他们用大木头章在我的文档上盖上红印，图案是敞开的城门。他们用各种方式让我明白：回程时，我必须再付一笔钱，才能得到城门关闭的图章。而由于从第一关开始，愈往里走，过路税愈苛刻昂贵；我希望回程要离开时，他们也能依照此法办理，将税款依次递减。

我累瘫在英勇小子旅店。这家旅店位于度假胜地，虫蚀严重的木造阳台下方是300英里的深谷，并不真的适合观赏夕阳美景。仔虎在深夜抵达，与我会合。十几天来，他扮成小贩，替我暗中勘查附近山区。

“我不喜欢这个地方，金脑，真的一点也不喜欢。这里的人讲话口音好恐怖。他们过着地底动物般的生活，住所黑漆漆的，跟他们的语言一样朦胧幽暗。他们的想法比水蛇的梦境还拐弯抹角，令人费解。这里什么都不可靠，也不能相信任何人。他们害怕光线，因为亮光会照瞎他们，就连太阳也令他们惊慌。而最糟糕的是：这里吃得奇差无比。”

“好好享用这个，我的好仔虎。”我分他一大块掺了三种杏仁果的牛轧糖，这是我为了这次会面特地留下来的，“至少你打听出我们要找的矿坑在哪里了吧?”

“这里每个人都知道矿坑的位置。但是，要抵达那里，可就是另外一回事了。必须弄到上万张许可证!”

“再吃点牛轧糖吧！好仔虎。”

“反正，就算有了那些许可证也没用。因为所有入口都禁止进入，所有贵重宝石都属于皇帝，没有人能采取。”

“明天我会以买家的身份到市集去。你那边，就继续打听吧！”

“至于我是否受够了扮成叫花子到处闲晃，你就甭问啦！”

“你会得到报偿的，我的好仔虎！”

我穿戴上最华美的服饰，现身宝石市集。当地人从没见过会说帝国语言的金发长鼻子。我花了一小笔钱，买了一些月光石。过几天后，我再度前往，增加在市集上出现的频率，对货色愈来愈挑剔，出的价码也愈来愈高：绿宝石，紫水晶，白玉……到后来，我终于建立起我想要的名声：月光石专家，识货行家，议价决不手软。我成为王公贵族的府上嘉宾。那些宫殿挖凿在岩壁上，内部比外观给人的印象豪华得多。我受到热烈款待，但仔虎说得没错：穴居国人民的想法难以捉摸，礼仪规范令人一头雾水。尽管我已努力记下该避免的字眼和动作、复杂的礼貌用语，以及欢迎的仪式，也没多大用处；因为不过就在稍远的地方，一切又都不一样了。我也试着制作这个国家的地图，虽然心里知道就算花一辈子的时间，也画不完那往四面八方延伸、不断分岔的廊洞迷宫。我的存货逐渐减少，剩下的货品远不够支付旅费。

一天晚上，仔虎来访，十分激动。

“金脑！”他说，“我想我找到了！”

“还剩一些鸭肝肉包，还是温的……”

“我接下来要说的，你一定不信。”仔虎扑向他五脏庙的祭品，一个个吞下去，吸吮手指头，一面说，“但是我……”

“慢慢吃，仔虎，我都听不懂你在说什么了！”

“……遇到了我们需要的人。你看！”

他从衣袋里拿出一颗石头。我用食指和大拇指把石头掐起来。这颗小石块晶莹雪白，几乎透明，包裹在黑色的脉石之中，皎洁发亮，宛如云破月来。

“你在哪里找到这个稀世珍品的？”

“不是我找到的。容我介绍一个人给你，好吗？”

我摊开手，算是回答。仔虎站起身，前去开门。一个纤弱的身影走进来。我心想：是个孩子。

“这位是月。”

的确是一个衣衫褴褛的女孩。我难掩恼怒。穴居国实施极为严苛专横的种姓制度，绝不可让低下贱民进入旅店，更何况是外国人专用的旅店；这一定会惹得判官暴跳如雷！

女孩向前，跪坐下来，双手摆在膝盖上，并维持这个姿势，一动也不动，过了许久。她看起来像尊雕像，目光落在我身后，太远了些；灰色眼珠水汪汪，却没有光彩。

“月是一个盲女。”仔虎继续说，“她是月使的孙女。月使是最伟大的月光石唤醒娘。”

“唤醒娘？仔虎，那是什么玩意儿？你把我当笨蛋吗？”

“只有在她们的声音传到地洞深处之后，最美丽的石头才能被发现。”跪在地上的女童用一种奇怪的声调说，“当然，在满月之夜，借着它们所发出的亮光，不难找到；然而，一旦它们藏在岩石最深处，就只能经由如此呼唤，它们才愿意显现。”

“月会吟唱那些歌谣。”仔虎补充，“而且她的声音无人可比。”

“如果她的本领这么高强，那么为什么还穿着这一身破烂衣裳？”

“我原本出身高贵！”月的自尊心受了伤，“在这个国家，我的家族是最古老的唤醒娘世家。在多次大庆典上，我的外婆月使都以歌声参与了全程。”

“从你的衣着上看不大出来。”我的语气稍微软化了些。

“那是因为我属于无依族。”

“我不太懂：你来自名门世家，却是无依族？这两种类型不可能同时在一个人身上并存！据我所知，无依族是各种姓中最低等级、最卑贱、最被看不起……”

月用她那淡漠的声音继续说：

“一天夜里，我外婆月使在大庆典上吟唱，以唤醒石头，然而一场地震摧毁了正在举行仪式的庙宇，以及当地大部分的山谷。那座庙里所有的祭司都被活埋了，但外婆却从那场灾难中幸存。人们因此无法原谅她。我们的财产被充公，外婆被褫夺职位，禁止吟唱。我们的家族因而被降格，贬成‘无依族’。”

“不过，月使把她的本领都传授给了月。”仔虎接着说，“她能带我们入山，她知道峭壁上最秘密的缝穴……”

我按捺不住烦躁的情绪。仔虎打探来的情报总令人瞠目结舌，使我不敢轻易采用。对于那些煞有其事的传说和不可思议的故事，他的兴趣特别浓厚，我不能忽视这一点。或许，他现在又在跟我讲一则新的乡野奇谈……

“她为什么要帮我们？假如她对宝石这么了解，大可以将这身本领高价卖出，卖给谁都可以啊！”

月对我伸出手，掌心向上摊开，什么也没解释。我于是明白她想拿月光石。我把宝石放进她手里，长长地大叹一声。

她开始吟唱。我就着一只大木箱坐下。不由自主地，我被她的歌声带进一场幽深的梦境，浑然不知过了多久。那歌声宛如波浪，覆盖我的肌肤；宛如净水，洒落我的眼皮……谁能买下夜晚？买下星斗？买下一刻上苍的恩典？月重新握起手掌，盖住宝石闪耀了好一会儿的月光。此时，我才意识到周遭已恢复寂静。

“怎么样？”仔虎轻声问，“你怎么说？”

我没回答，朝月走去。

“你究竟有什么打算？”

“我要你帮助我离开这里。带我离开这个地方，仅此而已。我既是瞎子，又是个无依族。”

“我们会把你带在身边。”

她迟疑了一会儿，朝我向前一步。

“仔虎告诉我，你的头发是金色的。我能摸摸看吗？”

我弯下腰。她用手指梳过我的头发。

“金脑，”她喃喃轻问，“你在找什么？到底是什么呢？让你离乡背井，来到这么远的地方？”

“一座蓝山。”

她的脸上蒙上一层悲伤，神色黯淡。

“那座山，我看见了。你到不了的。”

“谁晓得?(老家，堤道上，滂沱大雨中，一个村汉和他的狗看着我……)”

“这些月光石,”她继续问，“又为什么会来到你追寻的道路上?”

“我找不到别的路可追溯一种布料的来源途径……”

“不可说……”她叹息，“追求不可能之事物，金脑，这的确像你的作风。我会帮你的，你也会帮我吗?”

“我会帮你。”

“明晚。在觉醒柳下的十字路见。仔虎会带你去。”

“很好!”

她又叹了一口气。

“你不怕吗?”

“怕什么?”

“果然如我所料……金脑，你缺乏某种东西……而且不是你所想象的那种……”

“是什么?”

“你不懂存在于我们脚下的那股力量。你从来没感受过大地的震动……”

8

觉醒柳位于一座偏远峡谷最深处，标记三条黄土小径的起点。月已经在树下等候。她选择沿着悬崖那条路线。月光下，崩塌的山壁废墟隐隐发亮，见证当初摧残此地的那场地震有多么猛烈。月钻进一道雕凿在岩石上的门。门后，一道阶梯没入幽暗之中。步下阶梯，我们来到一座装饰华美的大厅。我拿出我的月光石照明，仔虎吐了吐舌头：墙壁上画了几百个魔鬼，每一个都闭着眼睛。月朝大厅最里面走，再次步下一串阶梯，走入一个廊洞，转入另一个，踏进一条羊肠小道，窄得只能侧身通行，站着慢慢挪动。廊道逐渐变宽，通到一片巨柱森林。这些柱子形状奇特，一望无际，延伸到一座辽阔的洞穴。漆黑的洞里，布满点点泛白光芒。我听见月的声音；回声震荡之下，愈发澎湃。小盲女一面吟唱，一面移动。洞顶的闪烁随着她的歌声变化：每一次高亢上扬，光芒就再次显现，甚至让这座洞穴边缘的浅白亮光开始颤动。我靠近一面黑灰有沟纹的岩壁，里面镶满月光石片。只需找到正确的位置，用槌子敲几下，就能将月光石拿出来。几个小时内，我和仔虎采收了满满两手掌，亮光无与伦比……

“你满意了吗？”月问道。

她看起来精疲力竭。我在她身边蹲坐下来。

“你可以变得很富有，月。这些宝石在市场上能卖一大笔钱。”

“太阳就要升起了。我们位于被地震摧毁的庙殿正下方。该走了。”

她突然站起身。宝石的光辉渐渐黯淡，但或许只是因为夜晚要结束了。

我转身对仔虎说：

“再继续吧？它们在浅浅的表层，很容易取出……”

“你不能再拿了，金脑。”月对我说，“我把你们带到这里，已经逾矩了。这个地方非常神圣，由画眼点睛的鬼怪守护。这里是月光石的发源地，月光化作细微颗粒，飞入地层褶皱中。外婆称这里为石泉。我来这里只是为了帮你，金脑。现在，该离开了。”

“我觉得，再多冒点险是值得的。这里有成千上万的宝石啊！”

仔虎摇头表示不妥。我从来没看见过他如此沉默。我感到脚下传来一阵奇怪的震动，一种低沉的吼声从地底滚涌上来，类似猛虎啸鸣……

“你拿得够多了，金脑。我们不能再回来了。鬼怪生气了……”

月转身离去。我们往上爬。一路上，那猛兽的啸声不断，透过岩石传来，震耳欲聋；我们仿佛穿越一个愤怒颤抖的巨大身躯。鬼怪大厅轰隆不绝，宛如鼓声回荡。尽管它们的眼皮仍然紧闭，我却感到有几百道目光射在我的背上。月加快脚步。越过大门之后，黎明清新的晨曦瞬间注满我的胸口。日光闪耀在峭壁上。我的汗珠涔涔滴下。

回到旅店之后，我把战利品摊散在一面托盘上，一颗一颗地检视。

“这些都是最上等的稀货，月。完美无瑕。即使在熄灭状态，透明的石心仍散发着浅浅的光芒，连日光也无法掩盖的光芒……”

“我告诉过你，月光石从那里发源。它们蕴藏在岩脉缝隙之中，随大地缓慢的呼吸挪动。某些石头会在停止迁移的地方长大，因此可在其他地点寻得，但会稍微失去初生的光泽……”

我请仔虎替她找来几件合身的男生装束。

几天后，我回市集去采买宝石，以避免招惹嫌疑。一切就绪之后，我们将私自采挖的月光石分批缝在衣裳内层，原路归返，越过边境。一直到西囊之前，除了仔虎改不了贪吃美食的习惯之外，沿途平安顺利。

拜耶利和梅到门口来迎接我。每次旅行归来，看见他们充满活力的灿烂笑容，真是一大乐事。客栈的气味、雾气弥漫的河面上传来船夫的呼喊，靠码头那一侧的墙面上映出一圈圈亮光，从船上卸下的货袋碰撞，伙计们在长廊里疾走跑步，这些所衍生出的一切，就连偷吃碎屑的那一小群老鼠，都让我开心欢喜。按照贝朵安人的礼俗，不应急着追问旅人生意状况；而旅人则应找适当时机主动说明。我一直等到晚上，才当着仔虎和月的面，拿出月光石，放在拜耶利的桌上。我把宝石均分成两份，将其中一份推给月。

“这一份是你的，月。要是没有你，我们只能带回一些平庸货色。”

另外那一堆，我又再分成四等份。

“这一份是你的，拜耶利，偿还你预支借我的金额，赏赐你所有的伙计们和他们的家人，足足有余。再加上一份，则是属于你的收益。剩下这两份，如果你不反对，就归仔虎和我吧！”

即使如此，我们每个人所分得的利润已多得惊人。然而月却拒绝收取。

“我们家族从不用月光石谋利。”

于是我把她的那一份推到拜耶利面前。

“我知道我可以放心把月托付给你。她双眼全盲，在这座城里又没有认识的人。”

他拒绝。

“这里就是月的家，她想在这里待多久就待多久。你竟然要为了这件事付钱给我，这对我来说简直是冒犯啊，金脑。这趟旅程是你发起的，所以，把这堆宝石全收下吧！”

“我绝无冒犯你的意思。只是想请你保管这些月光石，以备月未来之所需。她不想收下，但是你大可以把钱花在她身上；因为，她理应过合乎世家身份的生活……而你，仔虎，现在你这么富有，往后有什么计划呢？”

第一次，我看见仔虎脸红了。昨天晚上，他对花表白了，而花热切地点头答应。

“嗯……仔虎，你是不是该邀我们上馆子，好好庆祝一番?”于是，在大度鹭鸶旅店，我们品尝到了林嬷嬷的拿手好菜，裹粉油炸栉瓜花；而我把前往京城追踪云绸下落的计划，告诉了拜耶利。

9

因此，几个月之后，我来到仙京。那时正值严冬，整座城积雪深厚，为了对抗北风，能塞的缝隙全被塞紧。我的身份是外国商人，必须住在特定区域内。要认识新朋友，没有比这更好的季节了：交易最低迷，道路无法通行，所有活动被迫停止；我趁此机会去一位文人的家中学写字。这位老师家境窘迫，我必须自己准备笔墨纸张，供他食物、茶叶和干柴。不过我手头非常宽裕，这位毕恭毕敬的老实人，因为我每早的光临，身价高涨千万倍。老师诚心赞叹我的描红字体优雅。但说实在话，大多数的时候，那都只是一团团粗黑的墨迹，沉甸甸地飞不起来。于是，我多加练习书法，也训练自己的耐性，耐性十足地等到第五个新月的夜间市集。所有宝石掮客都相约在此聚集，我也聘请了一位中介，取得出席的权利。

想知道市集是怎样一个场面，请先想象上百个一模一样的布棚小屋，在天城围墙的北门广场上排成四列。每个布棚下方设有一个铺着黑色丝绸的货摊，桌上放着三个等着月亮升起的宝石。宫殿外门开启，夜官走出。他们身后跟着一串卫兵、抄录员和账房，浏览每一张展示桌，有时停下脚步，有时直接走向下一张。他们很快就能看出货品是否合乎他们的要求：只要宝石上显露丝毫瑕疵，就被嫌恶地推到一旁。这里有各种月光石，但用来制造天尘墨的宝石必须散发与众不同的虹光，呈现一种偏冷的白。这个市集不让人议价。若有一名夜官对一颗宝石感兴趣，便直接出价取走，转身示意随从立即付钱。卖方无论是否满意这个价格，都必须弯腰及地，叩首谢恩。玉皇帝永远宽宏大量，这是最根本的道理。

我所展示的宝石全部中选。但是，在第三晚，官员们在我的摊位上流连了更久，并命令我跟他们走。我没多问，乖乖照办；因为卫兵个个手持狼牙棒，光看那棒子的重量就知道答案了。这是生平第二次，我听见铜门在我身后哐当关上。我不是很喜欢这个声音，仿佛锣声巨响，感觉那震荡的威力甚至传到我的下颚骨……

我被带到一座侧殿。这里处处铺着地毯，无论行进移

动还是交谈，一切静悄悄。接见我的老官员长得高高瘦瘦，面容如象牙一般光滑。他是这么对我说的：

“晚安，金脑。我的哥哥栋一切可好？”

“栋？”

我花了一点时间，这才认出他和拜耶利的岳父，也就是教我珠算的老人家，颇为相像。我并不知道栋是否真的有个兄弟在朝廷当官。不过，眼前这人额头肌肤细致，一挑起眉毛立刻挤出密密麻麻的皱纹，跟当初那打量我的目光简直如出一辙。

“你贩卖的月光石纯度不同凡响，颗粒精细完美。恕我冒昧：你是在哪里取得的？”

“很抱歉，我发过誓，绝不可泄露。”

“我们称这个品种为‘日尽珍珠’。这种月光石能治病。不过，除此之外，当然，你晓得它们的用途……”

“天尘墨。”

他将双手交叉在背后，侧过身，转移话题。

“我听说你喜欢画地图，金脑？你想不想看看我们这里制作的地图？”

我用力点点头。他弯腰行礼：

“我叫梁丰。我的兄长栋曾对我大大夸赞你的制图本领……”

“栋曾跟您提过我的事?”

“写信到宫里来并没有违反禁令……”

梁丰带我到另一座侧殿。他推开门，我觉得仿佛来到一座大藏书阁。辽阔的大厅笼罩在灰蓝幽暗之中。

“这里是博学夜枭宫。我们将所有的原始地图都存放在这里。”他对我说，“你自己挑吧!”

我确认了一下：他不是在跟我开玩笑。我走到一座书架前，取下一管皮制的套筒，从中拿出卷轴，放在桌上摊开。屋内光线昏暗，但眼睛稍微习惯之后，就能看见所有线条透过照进窗户的月光显现。森林、河川、道路、村落……我有一种奇妙的感受，仿佛翱翔在一片风景上空，用夜行禽鸟的眼睛视物。

“金脑,”梁丰坐下，衣衫丝帛一阵摩挲声响，“我追踪你的来去动向已有一阵子了。我们是玉皇帝的耳目，在这里，什么都逃不过我们的法眼……我甚至知道你为什么要来到京城……”

“谁告诉您的?”

“那不重要。这么说吧！你的行迹也太明显了些，因此引发我们的注意……螳螂捕蝉，黄雀在后，这种事挺常见

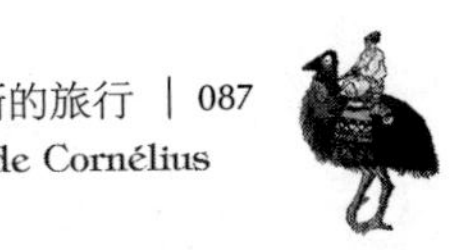

的……就这么凑巧，我们找的是同一样东西：不可说……”

“我不懂。这禁忌的布料，为什么唯有你们才能取得？而从这些地图来看，也只有你们才知道货品运送的路径……”

“亲爱的金脑，我们只晓得最后这一段路，也就是从海岸到皇宫这一段。剩下的部分，只能仰赖变化莫测的海路。然而，玉皇帝的神威并不扩及大海。那不是他的帝国。载运不可说来此的黑船不属于我朝，它们由南国人指挥驾驶。我们不清楚这些船只的来历。好一阵子了，黑船愈来愈少出现。我们只有在它们抵达前几天才会接到通知。话说，我们也知道，对于未知的天地，你毫不畏惧……”

“然而，我对你们却一无所知。”

“别担心。你将有很多时间来慢慢认识我们。”

他站起身，示意晤谈结束，邀我随他走。我心不甘情不愿地离开藏书阁。我的房间已经整理好了；他建议我留在房里休息，明天再说。第二天早上，我想出宫去，却发现到处都大门深锁。我想求见梁丰，也一样碰软钉子，遭到婉拒。他们为我在一座庭院设席，送来菜肴，却让我对着餐盘独自享用。我被困在那一小块角落，不断思索推敲那些无解的疑惑，一整天就这么拖磨过去。宫中的灯笼熄灭后，我被带回房间，相当疲惫。

就在我即将入睡之时，有人敲了敲我的房门。

“晚安，金脑。”

我猛然站起，纵身朝守在门槛的梁丰扑去。但他竟已消失，我扑了个空。他单手一握就擒住我，拗扭我的手腕，把我的手肘向后拉扯，高过肩膀，迫使我俯首面地。

“我不是都说了？——晚安，金脑。”

他松开我。我揉揉疼痛的手腕。他却无动于衷。

“你总是这么急躁。别傻了，你之所以连根指头也没断，是因为我手下留情。下一次，如果你还冥顽不灵，我就顾不得礼貌情面了。不过，我希望让你自己选择。这也是为了你所追求的梦想着想：你可以离开皇宫，永远放弃；要不，就加入我们，也一样，终身效忠……”

“然后落得跟暗影卫队一样的下场：为了答谢我的忠诚，让我消失无踪……”

“我还以为你是个聪明人呢！我们花了那么多时间训练那些人，为什么要摆脱他们呢？为交替接班而掳来的孩子，最后都去了边界的军营。皇帝永远需要储养兵力。只是暗影卫队始终保持神秘。你很可能已经遇到其中几位成员而不自知。”

“我懂……”

“这下子，我说太多了。如此一来，你的选择变少了。你若是拒绝，一旦跨出宫殿门外，你那条小命就只剩几个小时可活，不可能更多……”

“而我若是答应，你就会带我去见玉皇帝?”

梁丰呵呵大笑。

“就连我，都不知道他的长相！在他面前，我们算不上什么。顶多是暗处里的仆人，仅此而已。他并不操心我们的存在。”

我们说着说着，已来到存放地图的宫殿附近。梁丰击掌两声，门扉开启。藏书阁变了个样，我几乎认不出来。十来位制图师，就着月光石的微光，埋头在大幅卷轴上工作。梁丰为我一一引见。那些展开来的地图不仅标示出天朝卫队的行经路线，更有许多幅已冒险超越翠玉国国境。事实上，仔细观看之后，我发现从巴萨尔达开始，我的整段历程都画在图上，不过错误百出，误差不少。看我一脸困惑不安，梁丰打趣说道：

“金脑，你千万别客气，尽管指正。根据我哥哥栋的说法，你有过目不忘的本领。他说你是一座不折不扣的记忆宝库。”

“用一整夜的时间来订正都不够……”

“我们有的是时间。你现在看到的人都听从你的指挥，你别小看自己的重要性。然而这座厅也只占博学夜枭宫的一小部分而已……”

“没有一份地图是在日光下制成的吗?”

“当然有，但那些图与我无关，而且也与你无关……现在，我该走了，你还有工作要忙……”

他转身离开。制图师列队鞠躬。这么一点说明实在不够清楚。我推开那群人，追赶梁丰，但他已穿过一道门，门板随即关上，我碰了一鼻子灰。我火冒三丈，命令那一张张猫头鹰般的脸孔滚开，大手乱挥，粗鲁地把桌上那些珍贵的物品全部扫落。无济于事。他们面无表情地立在满地揉皱了的纸团前，动也不动，没去捡拾，也不开口劝我理智一些。我走到墙边坐下，努力与睡魔搏斗。到了早上，锁头喀啦一声，门开了，我又被带回昨天的状态：没有人可以说话，独自在花园角落用餐，夜幕低垂后，就有人来敲门。唯有一个改变：这次来找我的，不是梁丰，而是他的助手，一位名叫曹慈的地图绘制师。曹慈跟高瘦修长的梁丰正好相反，他身材丰满圆胖，看起来温和敦厚，用词遣字中带着几分讨好意味。尽管如此，跟在他身后，我仍

百般不甘心。藏书阁已恢复整齐，昨夜里掉落一地的地图都收拾干净了。制图师们又排成一列，毕恭毕敬地弯腰行礼。

那就只好陪他们玩了。大桌上摊放着一份日升帝国的地图，也就是说，我当初出发的地方……

曹慈朝我点点头，鼓励我动手。

我在他指示的位子坐下。有人立即送来一副圆规、几把长尺和笔墨。我另外要了一张纸，然后开始记录我所观察到的谬误。光是巴萨尔达地区，错误之多，恐怕必须花上几十个小时，才能把所有地方修改到完全没有争议。到了半夜，有人送来苦茶，好让我们保持清醒。天亮之后，我只想好好睡一觉：我已经整整两天两夜没睡了。

我在接近中午时醒来，尽管大雪纷飞，我仍在庭院里独自用完餐点。晚上，当曹慈来敲我的房门时，我早已准备好了。我继续推动前夜的工作。后来，第二天晚上，我又做了同样的事情；再接下来的晚上也是。我明白了：我必须重新审视自己走过的这整段旅程。这批地图绘制师技巧非常娴熟。几个人更改河道路线，另一些人修饰山脉，还有几个专攻城市、桥梁、堡垒或城堡等部分。他们之中有一部分人还负责天体图，我的意思是，在我旅行当时的天空样貌。这些学者令我赞叹：他们竟能回溯时光推算，画出在五月或六月的某个夜晚，在某个特定地点所观测到的星象。我的旅程回忆向前推进，渐渐地，来到位于山脚下的喀拉古伊，然后，攻向整座白色山脉。这趟纸上旅行在记忆的迷雾中进行，几乎与前往西囊城的真实旅途一样艰辛累人。我所说的一切都经过再次验证，切割，与藏书阁中的古老文件比较核对。我经常在黎明之前就已瘫倒，累得不省人事。我的身体变得十分虚弱，甚至以为自己感染了石族症。这种病可能在潜伏了几个月甚或几年之后才发作，使病人在有生之年时时陷入麻痹无感、迟钝呆滞。

大约就在这个时候，梁丰又出现了。他邀我和曹慈一起共进晚餐。

“他们没骗我，你的确天赋异禀，金脑。曹慈还存点怀疑，但我个人认为你很有绘制地图的天分。不过，要加入我们的夜间世界，恕我直言冒犯，你还不够……缜密细心（曹慈猛点头）。欠缺清晰的眼界——这个说法稍微抵触到我们的夜间作息习惯，但愿你能接受。另外，抵抗疲累的体力明显不足。你不认为吗？”

我敷衍地抬起一只手搪塞他。

“还有以大体为重的团结态度。想当然耳……”曹慈一

面说，一面出神入化地使着筷子，夹起一个饺子。

“以大体为重的团结？”

“人生在世，总有某些时刻，你必须顺其自然，听天由命。”梁丰继续说，“想象一下：夜黑风高，在一片张牙舞爪的森林里，有一座沼泽。沼泽的水冰冷幽深，静滞不动。芦苇刮刺着你。盘结在泥地上的树根伺机守候，就等你踏错一步，扭伤你的脚跟。很少人胆敢涉足此地而不颤抖。而我们，我们要求你勇往直前，走入泥泞中，整个人浸在沼泽里。你要任凭冰冷幽深的黑水淹没，不许发抖，在湖底找到指引我们的那道光，跟随它走到尽头，不许发抖……”

“报酬是什么？”

“你看，你还不懂得要团结……”曹慈深感遗憾，认真地嚼着另一个饺子。

“谁说我不团结？”

“这就是你的问题，金脑。”梁丰接着说，“没有任何报酬。什么都没有。有团结精神的人不是这样的。你太想唬弄我们，只顾玩你自己的把戏。你犹豫不定，疑心重重，暗中算计，连带使你的眼神疲惫黯淡；并非如你所以为的那样，根本不是缺乏睡眠的关系。你不懂得遮掩隐藏，一眼就被看穿。”

“那就是我进了暗影卫队之后要学的?”

“一点也不。暗影卫队没有什么好隐藏的。普通人怕我们。我们只灌输他们畏惧，畏惧让人看不见我们。但是，尽管深夜漆黑，尽管护送着不可说，对我们彼此而言，一切都透明，显而易见……”

他把筷子放在空碗里，抹抹嘴。

“何况，你要加入暗影卫队，应该还太早了。不过，多了解一点也不无用处……曹慈，可否让我和他两人私下谈谈?”

曹慈回藏书阁，梁丰则带我前往一座方形大院，四周回廊围绕。这个地方一只灯笼也没有，角落尽头没入黑暗。几条人影缓缓移动、滑行、匍匐、旋转，做出一连串意味不明的肢体动作。其中两个魅影拂扫到我，我听见一声轻微的叹息。梁丰找到一张长椅，邀我过去一起坐下。感觉上，周遭的动作加快了。突然，一条黑影发出一记粗哑的喊叫，如旋涡般腾空飞起，击中对手。连串呐喊与打斗声从大院四角传来：凄厉尖鸣、咻咻呼啸、长鞭挥落、摩擦窸窣。闷重的撞击，沙哑的喘息。快奔的脚步声听来低沉，布帛遭到撕裂，急促的尖喊此起彼落。一只猫头鹰呼噜噜

地叫了起来，终止这场猫的搏斗。黑影排成一列，调匀呼吸，再次慢动作起舞，轻飘飘的，有如鬼魅。他们虽立于沙地，却仿佛在清澈的水中游泳，张开手掌，推拨空气，然后抓住一张看不见的网。一场新的叫阵展开，他们立刻再次扑向彼此，互相过招，在汹涌而来的狠辣拳脚阵中跳跃。有些人将棍棒使得活灵活现，迅速转动，让人恍惚以为看见飞轮，随即清脆一响，惨遭痛击。斗棍结束，喘息声大作，嘈杂而深沉。黑影们退下，消失无踪，只剩一人，朝我们走来。他对梁丰恭敬行礼，却对我带有一丝揶揄。

“仔虎!”

我惊愕不已，霍然站起身。他趁机走到我面前，给我一个拥抱礼。梁丰饶富兴味地看着我们。

“仔虎会教你两三样有用的事。”梁丰指示，同时转身离开，“就让你俩做伴吧!”

仔虎拉着我往院子深处走。

“所以，原来是你在监视我!”我咬牙切齿地说，“你背叛了我!”

“我们全都是皇帝的人，金脑！我不是奸细!”

“那么，穴居国那段历险，我们苦苦寻找月光石，你怎么说？难道一切都是假的？你从一开始就欺骗我?”

“没人骗你，金脑。官员们都非常敬重你，赞赏你的品性和勇气。而我，曾服侍过你，我感到很骄傲。”

他继续往前走，我却站在原地不动。他见状折返，钩住我的手臂。

“我们去吃点东西吧，金脑。”仔虎接着说，“我饿了！”

我跟着他来到一座厅里。厅内处处挂着灯笼，灯火通明，摆了两大桌菜，都是给他和他的师兄弟吃的。仔虎简短地介绍了一下，就匆匆扒下两大碗饭。我连珠炮般问了一大堆问题，他的回答却是用筷子指指我的那一份餐，示意饭菜都凉了，同时狼吞虎咽，丝毫没有不好意思。

“你必须接受严格的训练，金脑。时间不多了。每天早上，我会去藏书阁接你过来……”

我旁敲侧击，费了不少工夫，希望了解更多；可惜，接我的人已经到了。我一口饭都没吃。

无论如何，能跟仔虎重逢，我感到无比欣慰。我知道他的确身不由己。对我而言，能再感受到他旺盛的活力和乐观的个性变得更加重要。从那之后，我每天只睡五个小时，但疲惫已离我远去。夜里，我绘制地图；早上，仔虎教我耍棍……很奇怪地，我对学武功深感兴趣。仔虎教功夫的方式有趣得很。每次我跌个狗吃屎时，他就赏我一种鸟的名字，通常都不是太好听的，于是我一听到就会气得跳起来。跟他学武功，换来我一身肿包，到处都有：有的在脑袋上，有的在胫骨、胳臂上，手指上最多。当我终于学会以牙还牙——虽然只是难得的几次——他显得非常惊讶，几乎不悦，仿佛遭到不礼貌对待似的，使出比较凌厉一点的招式反攻。午睡时间之前，我们一起用餐；晚上则继续训练，奔跑、跳跃、走平衡木、爬绳索，所有动作必须寂静无声，总之，尽可能不发出声响。我的柔软度比一只瘸腿狗好不到哪去，却还是学会了在地面或在屋顶移动时，不让地板或瓦片吱嘎作响。我小睡一个钟头之后去藏书阁，等不及拿地图出来工作。我的夜视能力进步了，能毫不费力地侦测到在幽暗中隐隐发光的天尘墨。现在，我随时可询问暗影卫队的路线，将 108 座旋涡教派的寺庙位置，以及通往那些庙宇的大道小路，包括那些到处乱窜的羊肠小道，全部牢记在心……

10

初秋时节，梁丰宣布：我将加入护送下一批进贡团的暗影卫队。

我们在深夜出发，从南面城墙下方的秘道出宫。这条地道很长，远远穿越最外围的郊镇，通到一个荒废了几十年的偏远区域，只见野猫野狗流浪。一条小路蜿蜒在荒芜的花园与残破的屋舍间，领我们到森林边缘的沉睡老翁庙。这间庙宇的围墙耸立在一座坟墓的废墟上，气氛叫人心慌得难受。庭院中杂草丛生，无花果树枝乱窜盘结，爬藤植物处处蔓延，是压垮屋顶的致命伤。这个地方颇有名气，据说，比起诵经祈祷，更适合谋杀害命，吸引各路孤魂野鬼。飞蚊成团，马儿已装好鞍座，等着我们。负责看管马匹的几人牙齿喀喀作响，浑身发抖。他们交出缰绳，随即

一溜烟消失无踪。

骑上马后，我们便没入森林深处。曹慈把地图交给我保管，就连在灌木丛凌乱的暗影中，我都能完全掌握我们所在的位置，知道该往哪个方向去。这些路线，曹慈闭上眼睛都能走，根本不需要问我的意见，但我很感激他愿意让我领队。

早上，我们在一座火球派的寺庙投宿。这里与前一座庙大异其趣，既宽敞又明亮。整个道场包含好几进庭院与花园，附近的乡镇都靠其鼎盛香火过活。暗影卫队将用来交换不可说的货品存放在此。曹慈命人交出地下密室的钥匙，要我陪同前往，我转动门锁，打开一道沉重的门，一个拱顶楼梯间出现在我眼前。我一心期待看到贵重的金属条、瀑布般的成串珍珠、珍贵茶砖、大堆布料毛皮。但是，密室几乎是空的！在那里面，全部的东西，仅是顶多百来个的皮筒。曹慈拿起一个，撬开封印，展开一幅大地图。我几乎一眼就认出来：那是我亲自指正过的翠玉国部分地域图。他看我这副目瞪口呆的模样，不禁觉得好笑。

“那些人把云绸运来给我们……而他们只要这样东西作为交换：地图!”

“地图？做什么用呢？”

“不知道，但他们就是要地图。他们希望地图尽可能准确，种类越多越好。不过，众多式样当中，最令他们着迷的是私人地图……”

“我不懂。”

“独特的路线图。比方说，像你的那样。你这份地图可是价值连城，相信我。”

“这太诡异了！”

“倒也没那么奇怪。相较于任何一份这类地图所需要的时间、耐心、努力和本领，难有财富能与之匹配。光是天尘墨一项，就值它二十倍重以上的黄金……”

“但是他们能拿这些地图做什么？”

“这我就不知道了，也不想知道。我跟你谈过以大体为重的团结精神。对我们来说，用这些地图交换，是唯一取得不可说的方式。其他的事就不需要了解，金脑！”他茫然叹了口气，似乎琢磨着一番哲理，“我们也一样，我们也必须同意。我们只能订立一部分规矩，也必须服从他们加诸我们的规矩……”

他让我自行去消化这些奇怪的话。夜幕低垂，我们加倍防范措施，再度上路。我们朝东南方走，穿越一大片高耸尖峰，那之中还坐落着其他庙宇，供我们休息过夜。捕

鸟人放出夜枭。只见这些禽鸟飞入我们头顶上方的高空里，画了好几个大圈之后，消失无踪。过了一会儿，它们飞回来，分别降落在自己主人的胳臂上。我听见它们低声发出奇特的喉音。说时迟，那时快，卫队里的弓箭手和勒绳手已无声无息地散开。

一名斥侯骑在我们前方，大步驰骋，故意摇响坐骑颈子上的铃铛。这铃铛声回荡在阴森森的深夜里，轻快又刺耳。这是暗影卫队唯一获准发出的声音。铃声表示道路必须净空，所有入口禁止进入。听见了铃声，却来不及回避的人，就算他倒霉。乞丐和化缘的和尚是倒霉鬼。聋子、瞎子、好奇的、痴傻的、顽固的，都是倒霉鬼。半路杀出的野猪、骄傲的公鹿、自信过满的犬只、慢吞吞的水牛，全是倒霉鬼。无辜者就是倒霉鬼。所有的一切，一声不吭，只要没意识到自己阻碍了我们的路，就得付出生命。

自我们出发以来，月亮差不多半满之时，我听见了波浪拍岸的熟悉声音。涛声穿过树林而来，伴随着阵阵潮水的气味，我怦然心动，必须按捺冲动，才不至于两腿一蹬，策马狂奔。久违的大海！湿咸的空气填满了我的胸膛！但坡道突然变得极为陡峭，难以骑行。曹慈命令我们下马，卸下地图卷轴，扛背运送。经过一段漫长的下坡，我们来到一片海滩，大小刚好容得下我们这一小群人。我知道这个地方，从图纸上认识的。峭壁和形状奇特的岩石，属于黑珍珠峡湾的范围。这片礁岩海湾里暗礁处处，密布1273座岛屿，但我都晓得它们的位置，甚至连曹慈要我们存放卷轴的洞穴，我也知道它确切的地点、深度和高度。在我们的月光石照耀之下，洞穴散发柔和的光，浪涛拍岸，一阵一阵地吟唱着摇篮曲。

我们列成长队，一个一个地传送地图卷轴，放进凿在峭壁高处的石洞中。曹慈在海岸上竖立一枝长竿，在一个铜制的小火盆里燃香。他全神贯注，直到香火化为灰烬。他把香灰洒进大海，将小火盆和支架放入木箱收好，做出回程的信号。最近的寺庙距离此处仅两小时路程。接下来的三晚，捕鸟人派遣夜枭到海岸盘旋。第四晚，他们终于宣布：黑船来找地图了。曹慈指派我和仔虎陪同，一起回到海滩。我们在洞穴里找到一方云绸，上面画有海岸图，并标记了一个约见地点。

“离此地并不远。”曹慈轻叹一声，仿佛放下了心中的大石头，“他们应该很满意这一批货。”

“我回庙里去替马匹上鞍，”仔虎说，“我会比你们先到那里。”

“带几个需要的人手就行。”曹慈点头赞同，“十个应该够了。我们在岸边的山上跟你会合。”

仔虎敏捷地爬上海滩旁的山径。曹慈则花了点时间观察沙滩上的足迹。

“我们不知道他们是谁，金脑，也不知道他们打哪里来。博学夜枭宫里有部分人士认为他们是从海底冒出来的。以这种假设为依据写成的著作可不少。我属于另一派，我们主张他们来自世界另一端的大岛。其实无所谓。我们接获一则讯息，得知他们大约会在哪一个月抵达。无论我们把地图藏在哪里，他们都能找到。然而，这条破碎崎岖的海岸里有数不清的小湾和海岬啊！我想，他们的嗅觉比我们灵敏吧！只需要一撮香指引方向。作为回报，他们指示我们不可说所在的地点，从不食言。可是，我们愈来愈难满足他们了……”

“跟踪他们，活逮他们，其实并非难事……”

“这种事我们可做不得呀！金脑！若是经由强行夺取或欺诈而来，不可说将失去所有特殊的魅力。在我们之前已有人试过，详细的状况和经过，我就不说了；但你要知道，当初遭受了多少灾祸，整个翠玉国至今仍不敢忘记：洪水、沙尘暴、冰雹肆虐、森林大火、暴风雪、地震……捕捉黎明的天光之时，不可说不仅抓住天空的颜色，也照亮玉皇帝夜里的梦境。天子的情操不能因卑贱的行事手法蒙羞……不过，金脑，刚好你不是我国子民。对你来说，我们的法则好似蜻蜓点水，过眼烟云。现在你刚好有这个机会，以一个外国人的身份，比我们更深入地发掘调查。”

“但是，既然交易仍持续进行，你们还有什么不满意的?”

曹慈轻咳两声。

“对我们来说，无法掌握交易发生的时间，也不清楚将换到的不可说质量如何，是非常令人不舒服的事。而且，我先前也提过：能否取得交易机会，也变得愈来愈难估测。我们的库存只够用几个月了。倘若哪一天早上，在玉皇帝醒来前，我们没办法在他的尊容与天空之间拉开一块云绸……没人敢想象会发生什么事。”

“曹慈，要‘以大体为重，不去过问其他事’并不容易，嗯？你还不是一样做不到？但是你、梁丰以及所有夜官，你们却都要求我不要过问太多！可是，人永远需要知道更多，想去追本溯源……没有人喜欢盲目行事……”

“我们快迟到了！”

他拂拂衣袖，走入小径。

山顶上，仔虎已经等着。他备好了马匹，带了十名骑兵。他快马加鞭，带领我们以最快的速度赶往约见地点。月亮被云遮住，我们的月光石仅能勉强照亮，羊肠小道看来像是荆棘丛中一条波浪起伏的血路。在一座岬角的山顶峭壁边缘，有座宝塔，在暴风雨的夜晚可当灯塔。五包云绸，以黄蜡封印，静候在宝塔里等我们来领取，如我所想象的那般神秘，费人疑猜……

曹慈命人打开包裹，以便分批发配给每个人运送。听着刀刃拆解防护包装的声响，我不禁全身轻颤。每一包里有 30 块云绸，细心地用好几层黑布包住卷起，再系上一条绳子，绳结上亦盖有黄蜡封印。我们在破晓时分回到庙里，听鸟儿响亮清啼，歌唱欢迎。我梳洗干净，去食堂用餐，中午小眠一番，然后和仔虎拆招练功。这些日子以来第一次，我终于夺走他的兵器，将他的短棍打飞落地。他翻了两三个惊险精彩的跟斗来庆祝，那副怪表情逗得我捧腹大笑，而他趁着空翻落地时，在我头顶上猛力弹了两下。要不是我在千钧一发之际闪开了，恐怕已经昏过去。对仔虎这家伙啊，一刻也不能掉以轻心。

曹慈在黄昏时集合所有暗影队员。前庭里有五辆牛车候着。在我看来，这批货只需要三匹马就能轻松载运，这个阵仗似乎太小题大做。

“这一团由你来领队，金脑。仔虎会带 30 名人手随队跟你走。”

我早该想到会兵分两路。我这一队是空镖，而曹慈则带领轻装队伍进京。至于为什么他要派我护送这一团幽灵镖，我就不清楚了……

驾着牛车，就不可能走狭窄的山径或荒烟小路。我们必须绕远路，放慢速度。地图在我身上，我能选择路线。我原先规划十晚左右，但途中下起雨来，整趟旅程陷在泥泞中寸步难行。倾盆大雨如一面水墙，我们连续淋了 20 夜大雨，乏累不堪，精疲力竭，终于抵达沉睡老翁庙。回程这条路比去程牺牲了更多倒霉鬼，大部分都只是在滂沱雨水中蹒跚而行的贫困流浪汉。甚至有一度，我以为又看见那只黄狗——多年以前，我在北海岸的堤防上找路时，瞪着我看的那只黄狗。那只狗，不知是它的分身还是鬼魂，跟其他生灵一样，在暗影卫队经过时，献出了它那一份贡礼。它在我们经过时消失。我极少去看那些杀生经过。行刑处多在灌木丛暗处、湿泞不堪的路边，或满是污泥的沼泽。

五辆牛车从东宫驶入皇宫城墙。一大队仆人前来卸下

封条木箱。

在去藏书阁谒见梁丰之前，我先沐浴更衣，把自己清理干净。曹慈早已抵达。两人看起来都十分满意。

“太完美了，金脑。我们已经把不可说运到万变天宫存放妥当。这次的品质非常好。”

他在桌上摊开一大张纸。

“现在，你只要描上你的路线就行了。我们对你回程这趟旅行特别感兴趣。”

我心想：他这是在跟我开玩笑。我们回程走的路线他早就知道了。地图绘制师们走了进来。他们苍白的手上捧着丈量和描绘工具，乍看之下，宛如要布置一桌山珍海味，而我仿佛就是主菜，感觉很不舒服。不过，我还是乖乖伏案工作，当天画了一夜，连着又画了好几夜。

日子恢复单调。现在，我也参与暗影卫队的训练和活动。仔虎出发回西囊城。我托他去探望拜耶利和他那幸福的一家人。我很想念客栈的热闹、城里的喧嚷和气味，以及清凉的河水。但我并不真的觉得自己遭到软禁。我耐心等候，伺机而动。盛夏中曾有一趟出差远行，秋日里另有一趟。秋天那次，不知为什么，在约见之处，我们什么也没找到。梁丰和曹慈因而十分焦虑。过去曾有极少数几次，货物的质量不符合他们的期望；但从未遇到过这种原因不明的食言。他们前往十二惑庙，想弄清楚原因，却没求得任何答案。我在宫里转眼已进入第三个冬天。此时，曹慈宣布近日将有远行。暗影卫队裹着厚重的棉袄，再次朝海边出发。天寒地冻，连石头也能崩裂。我不禁思忖：挑在如此严寒的冬天航运，为我们送来不可说的水手们必然是很了不起的航海家。仔虎在半路与我会合。在驿站休息时，他把客栈的近况讲给我听。他刚当了一个小男孩的爹。全家人都跟我问好。大雪纷飞不停，我想着他们，想着我和拜耶利的友谊，以及我所抛下的一切。所有的一切都叫我思念不已，尤其是某些夏日早晨的某种光线，沐浴在那光线之下，我出生的大房子里，母亲一面哼着歌，一面裁剪大片布单。

当我们抵达曹慈所指示的地点时，我正沉浸在那些回忆里。我们把细心装进皮筒封存的地图留在那里。曹慈找到一座岩壁的下方，遮风挡雪，命人烧香。我们准备好在一座庙里等候；这座庙俯瞰整个海岬，属于以冷静坚毅著称的雪球教派。

连续几晚，曹慈派出斥侯，却始终杳无音讯。黑船就是不来。状况特殊，最终梁丰亲自赶来了解进度。尊贵的

夜官从未离开过皇宫。他和曹慈在一个教派高层特地出借的小祭坛里晤谈许久。一名僧侣来请我过去加入他们。梁丰弯着腰，双手交叉在背后，在瓷砖地上大步踱来踱去，烦恼忧虑之心袒露无遗。

“我们担忧之事果然发生了。这是第二次必须抱着空手而回的打算。而这一次，黑船甚至没来取我们的地图。宫廷占星师从来不会出错。我们总能事先得知什么时候该把图轴送到。”

“只要派出探子追踪就行了。”

“办不到啊！这海湾里有几千座岛可让船舰躲藏，而我们的交易被愈少人看到愈好。或许，现在该是你为我们效劳的时候了，金脑。你和仔虎留下来，追踪调查……”

“说不定是占星师们搞错了……”

“你好大的胆子！”

“只是假设而已。谁说不可说不是在翠玉国里制造的？毕竟，那也只不过是块布罢了。”

梁丰面露厉色，手一劈，丝袍的衣袖咻咻振响。

“我想，你这话，恐怕连你自己都不会相信。我们知道你一直在找……”

“……云绸？”

“……已经很久了。从你穿越白色山脉开始，我们的探子早已盯上你。”

他用食指压住我颈子上的小皮囊。

“你怎么会以为，我们会让你从那么远的地方来到这里，却对你一无所知？难道你不知道，这一整路上你一直受到我们的保护？而我们又为什么要相信，如你所说的，这一趟漫长的专程旅行，就只为了一小块布？”

两名大官都横眉竖眼，凶狠狠地瞪着我。

我深深一鞠躬。

“我累了……我远离亲人，已来到地球尽头，而我的人生如沙，一点一滴从我指缝中流过……”

“来到这里，是你自己的选择，金脑。现在，你该把我们给你的偿还回来了。我们相信你……”

暗影卫队出发回京城。漫天飞舞的大雪中，两位师父的背影渐渐离我远去，宛如给我一顿当头棒喝。

11

日复一日，我和仔虎迈开阔步，沿着海岸往前走。我参访了海湾里所有寺庙。我对海洋所知不多。黑船有几艘？有多大？那些船舰必然够大，才能无畏分隔他们与我们的这段可观的距离，从世界另一面出发。那么大的船需要深水港，要能取得粮食，补给船上所需。照理说一定能看到他们。

大地回春。我租了一艘小帆船，连带船员，以便在黑珍珠海峡和群岛海域纵横穿梭。我带着仔虎，乔装成买珍珠的商人。这是个好法子，便于向讨海的人们询问打探。我已失去在阳光下生活的习惯。起初，海面上强烈的反光刺痛我的双眼，灼伤我的皮肤。但当我的身体逐渐适应户外的明亮光线，经海上的阳光反复曝晒之后，在我看来，世界这一块区域是一个住起来很舒服的地方，简直像个小天堂。

仔虎把妻子花小姐和两人的婴孩带来了，孩子取名叫禅。我们航行了一座岛又一座岛。在这片渔产丰富的水域，舟船不可胜数，消息传得很快。然而，始终没有人知道关于黑船的事，只听说几艘在光天化日之下横行抢劫的海盗黑船。不过，我们反倒得知有一艘叫“地底号”的船舰。那是一艘大帆船，每年都会回来，专门做珍珠买卖。“地底号”很少在夜间航行，没有任何防范措施，丝毫不怕被人发现，但舰长却是一个神秘的女冒险家，名叫席雅拉。我没见过那位女舰长，倒是有几次遇见她船员的机会。他们对她都怀抱难以理解的崇敬。因此，有一天，我把想登上“地底号”的心愿告诉了他们的引航员马泰奥。

“我们从不在船上进行买卖。我们喜欢在岸上交易。”

“我对船只的构造很感兴趣，可惜一直没有机会看看你们那种船舰。有没有可能只跟你们的舰长会面谈谈?”

“不太可能，除非您有地图可以卖给她?”

“目前我手头上没有地图，但如果您肯宽限我一点时间，我轻易就能为您弄到货……”

“到那时再看吧！恕我先告退了……”

我把这个消息告诉仔虎。

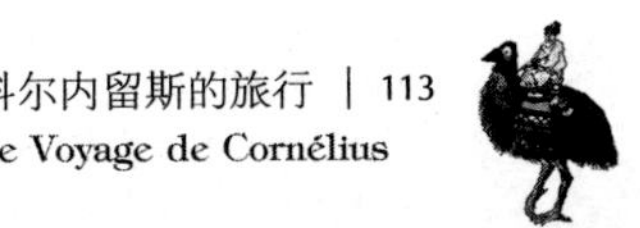

“他们在找地图……”

“很好。”他一面回答，一面拉筋活动关节，“我们今晚就去拜访他们一下，你说怎么样?”

可惜，“地底号”在日落之前就已拔锚。我们已经发现，他们第二天将航向南方。但是我们的帆船小，速度无法与之匹敌。

“反正，”我说，“我也怀疑那艘船是否真的跟黑船有关联。首先，他们买地图不偷偷摸摸；再者，他们的帆是白色的。跟踪他们恐怕只是浪费时间。我们还有几十座岛要查访……”

“他们大可以在晚上换上黑帆啊！金脑。对一队训练有素的船员来说，这算不上什么难事。”

“这点我也想过。不过我觉得那艘船舰体积太大，不易藏身。夜官们总说有好几艘黑船，从来看不到，只在最后一刻现身。”

“说不定他们是通过中间人来处理。他们只需要在海上把布包运到较轻型的船上，那些小船可以在浅滩靠岸……”

我沉思良久。

“的确可行，仔虎。在我老家，走私帮派的做法如出一辙。在这种情况下，我们只要远远跟踪他们就行。万一被你说中了，我们倒要看看他们会跟什么人接头……”

仔虎松了一口气，笑着站起身。

“我记得花煮了辣酱虾……”

我们的小帆船顺风而行。我们走到尾舱的厨房里。花把宝宝抱在怀里，在一张吊床里睡着了。仔虎轻轻抚摸妻儿，走到火盆旁蹲下，掀开锅盖，替我们两人各添满一碗。每一口都美味极了！我们享受了一段美好时光……

不知道这位席雅拉是否铁了心要带我们四处闲逛，但“地底号”的航行路线的确十分古怪。它从一地驶到另一地，看不出为了什么理由。它停泊各港，却也不急着做生意。晚上抛锚停船之后，在岸边亮着通明灯火。海风传来船上阵阵欢笑，或者听见谁在低吟一首歌曲。这一切跟发送云绸所需的一大堆相关防范措施完全不相干。而且，这位席雅拉虽然极少下船登陆，在这片充满传说的水域却享有不可思议的盛名。据说她是海豚的姐妹；在香岛，有人为她盖了一座庙；当地居民自古以来即把海豚奉为神明。

人们又说，她美若天仙。

就在庆祝夏至的飞龙节前夕，花病倒了。仔虎担心不已，决定带她上岸。我们说好，我在永高岛上的一个村子等他。“地底号”经常在此停泊。这座岛的外形像圆锥糖面包，很容易辨认，而且远远就能看到。我在海边的村落租了一间小屋，租金要不了几毛钱。在这里，男女分工的方式十分奇特。女人一早就划着竹筏出门，滑行到几链*之外，系泊于牡蛎礁岩上方。从滩岸上可以听见她们清脆活泼的声音，为了激励彼此找到珍珠，互相嬉笑叫骂。她们在腰间绑上篮子，潜入水中。我不知道她们怎能在水下闭气那么久，只晓得她们柔软如波浪，以优雅的人鱼之姿，徜徉在属于她们的国度里。一趟潜游远征后，她们满载而归：篮里装满牡蛎，手里提着螃蟹、章鱼和各种海洋生物。男人不捕鱼。他们会游泳，但他们的拿手领域不在水中，而是用网子或弓箭捕飞鱼。少年们在岩石上训练捕鱼能力。他们将吹胀的乌贼骨壳用细绳绑在小石头上，旋转后抛入空中，然后急忙抓起弓箭射击。蓝天之中，几十只白色菱形画出长长的抛物线，随即咻咻插上几十支箭，如下雨般落入海里，溅起大把水花。就连这幅景象，也十分美丽好看。看着这些居民来来去去，我从不厌倦。在这座岛上，即使是老人家，行动时也别有几分优雅。

在永高岛上，每个人都晓得“地底号”。海豚之女喜欢到这里来潜泳。所有男人多少都有点爱慕她。采珠女们则

---

* 链：计量海上距离的长度单位，一链为十分之一海里，约185米。

热情期盼她莅临。“席雅拉总是为我们带来好运。”她们笑着说。

我和一名二十来岁的年轻人帕当结为好友。他教我潜水，并帮助我认识附近的区域。

“‘地底号’什么时候会回来？”

“我不知道，金脑。好像有人又看见黑船在这一带徘徊。席雅拉一直都在回避他们。”

“黑船？”

“黑珍珠海峡的海盗船。他们的首领叫多提凯，纠缠‘地底号’已经好几年了。但他并不愿冒险，不会太接近翠玉国沿岸。”

“那些海盗做地图买卖吗？”

“不，金脑。那些人不做买卖；他们杀人，掳人要赎金，掠夺财物。”

我从他那里得知的大约就是这些。在永高岛，人们避免谈论可能引来不幸的事。傍晚时分，岛民聚在一起用餐。我与他们并肩坐在大草席上。埋在沙地里的炉灶散发出烤鱼的香味。海燕在温暖的晚风中盘旋，发出尖细的叫声。孩子们爬上我的膝盖，要求我说各种故事。在这个地方，生活如此甜美，人情如此亲切，我简直忘了当初来这里住

下的动机。闲谈静好无事，孩子笑口常开，我深受感动，不禁反省：我以前怎么能花那么多时间驼背伏案，就着博学夜枭宫里黯淡的月光，在夜官们可惧的监控下，描绘那些死气沉沉的地图呢？

在帕当的带领之下，我探索了附近岛屿下的海底洞穴。我拜托他带我去香岛。我想看看那个供奉海豚的洞穴，心里暗暗抱着希望，想多了解那位席雅拉一点。

我们没能抵达香岛岸上。岛上冒出浓浓黑烟，屋舍失火，滩岸上尖叫四起。椰子树整棵燃着火焰，仿佛一支支火把。居民被强押上船。这时我才发现，那些双桅船都张着黑帆。

帕当连忙把独木舟划出海盗的视线，急着向村民示警。我们回到永高岛时，正是午睡时间。不一会儿，整村的人都已下床准备行动。男人执起弓箭，悄声议论，激昂冲动。女人则面露忧色。我起初以为她们在担心自身安危，后来才发现自己错了：她们嘴里反复挂念着的，是席雅拉的名字。我不懂，现在全村遭遇了重大威胁，他们为什么还如此关心那个女人。不过，当我们还在香岛附近的时候，曾有人宣布“地底号”归来的消息。

“不惜任何代价，一定要想办法通知她！”采珠女们坚持。

“黑船都聚集在香岛。在那里，我们并没有看到‘地底号’。”

“但是她正朝我们这里来，多提凯想必也料到了。”

“我们已浪费太多时间在讨论上。”帕当回应，“我们没办法守卫这座岛。万一黑船转往这里来，应该先把孩子带到洞穴里避难，安置所有人才对。”

“无论如何必须通知席雅拉。”

“我会试着赶在多提凯之前找到她。”帕当说。

“我陪你去！”我立刻表示。

夜幕来临，我们的独木舟在海滩的小岩岛之间穿梭。天空明朗无云，视线几乎和白天一样清楚。帕当扬起帆，以“之”字来回绕行，眼睛努力在那数不清的点点墨渍中搜寻：那是岩石堆与椰林的剪影。到了黎明，我们缓缓接近群岛的一条航道……

“‘地底号’！”帕当伸长手臂大喊。

两道沙洲之间，席雅拉的船舰现身，正打算绕过一块大岩石。这块岩石是一个标志，提醒引航员从此进入深水海域。埋伏已久的黑船队伍突然冒出来，挡住“地底号”的去路，预备以五打一。他们一下子就脱离了我们的视线范

围。帕当改变航向，打算斜穿抄近路。我们被岩礁遮挡，看不到战况；但船只接舷猛力相撞，两船对战，船壳发出刺耳的摩擦吱呀，杀声震天，听得我们背脊发凉。我们只能听见短兵相接，铿锵嘈杂；打斗的双方摇旗呐喊，粗野叫阵。“地底号”终于从礁岩另一端再现踪迹。船上斜桁帆全张，仿佛一面陷入绝境的风筝，甩不开紧贴在两侧的那一群敌舰。洋流将它们推往一片边缘有椰子树的沙滩。海盗们已经钻上甲板蠢动叫嚣，看样子，颓势已难挽回。我们什么忙也帮不上。帕当紧抓着弓，用力得手指发白。突然之间，喧哗无故灭音。气氛变得沉闷凝重，笼罩下来，将所有声音压得密密实实。帕当看了我一眼，眼神中充满疑问。我也一样一头雾水，不明白为何周遭环境突然产生改变。我被一阵突如其来的猛浪托高，差一点反胃呕吐。所有的一切都在晃动。我们的独木舟被抛向天空，稍微一点不平衡就要翻覆。接着，小舟向后滑行一大段，不停打转，几乎翻船，好不容易才稳下来。这时，我才看见那股翻腾的巨浪：仿佛一条海蛇的背部钻下水，扭行游走整片汪洋。刚越过我们的那波浪潮，夹带一股无声无色的怒气，朝交战的船只狂奔而去。大浪喷溅出一股巨大的白色水花，撞翻船舰，冲毁于滩岸上。过了一会儿之后，轰隆撞击声才传入我耳中，耳内同时响起一阵尖锐的鸣叫。

巨浪的余波只让我们的独木舟轻微荡漾。帕当调头转向，展露灿烂的笑容。

“我们去找人来帮忙!”他对我大喊，“现在危险已经过去了。有件事很确定：海盗都死光了，被大浪吞没了……”

“此话怎讲?”

“你没看见海豚吗?”

在此之前，我还真没发现；但它们的确到处乱蹦，宛如一片石头雨打起水漂儿。

“是它们带来那波巨浪！它们赶来营救海豚之女!”帕当兴奋地高声欢呼。

我们带着援兵回来，几百支背鳍在滚滚浪沫中为我们辟出一条路。帕当说得没错。巨浪扫荡了那群海盗，粉碎了他们的双桅船，他们的尸体零落四散。被他们掳走的村民们却都静卧沙滩上，脚上还缠着铁链，绑在船只残骸上。余悸犹存，但总还活着。这件事实在令人百思不解。仿佛冥冥之中有神的旨意，深藏于天理不容的愤怒中，在席卷狂扫一切之时，启用智慧，区分良莠善恶。

可惜的是，神的智慧未能及时解救在此之前牺牲的“地

底号”战士。船上 33 名船员中只有 5 人生还，而且状甚悲惨。

我们下船。村长分派工作。每一个人都使出全力，清点死亡与生还人数，分类治疗伤员，破坏他们的脚铐束缚。

“金脑！”

给水喝，缠纱布。

“金脑！”

把孩子们聚集起来照顾，让父母安心。

“金脑！”

这次是帕当叫我；他被一片背影挡住，我看不见他人在哪里。我连忙跑过去。采珠女把他团团围住；他命令她们让出一条路，好让我通过。其中有三人还蹲跪着，俯身探视躺在地上的一具躯体。

“她还有呼吸。”帕当对我说。

我靠过去。是她。昏迷没有意识，全身是血。她乌溜溜的长发散在沙地上，圈出椭圆形的脸蛋。虽然未曾谋面，但我立即认出她来。她的洁白皓齿咬着一个类似贝壳的东西，是一个护身符。

“席雅拉！”我轻声呼唤。

我不敢百分之百确定，但是，我似乎看见她的嘴角拉动，像是在微笑。护身符松脱，从她口中掉了出来，落在领口两道锁骨之间的凹陷处。这一颗小小的泪珠，散发白瓷的光亮，仿佛安睡在摇篮里，随着她微弱的呼吸，轻轻摆动。这名年轻女子的生命似乎被完整地庇荫在其中。现在，我看得比较清楚了：原来，那样东西，是个小小的象牙海豚。

我跪了下来，不明白我的心脏何以突然狂跳不已，那样激烈、紊乱，全无规则。

12

光是把伤员运回永高岛这件事，就耗去我们一整天的时间。第二天，我们又来把“地底号”的残骸拖回去。船壳斜倾在沙滩上，货舱都清空了，货物用人力背到村落山上的洞穴里。席雅拉的舱房里有一批非常美丽的地图，可惜在波浪拍打之下，沾满了泥沙。我一张张清洗干净，铺晾在筛子上，遮盖起来，放在炭炉附近，驱走虫蚁并防止发霉。

我们盖了一座大茅屋照顾海难生还者，并从另一座岛请来一位师父治疗他们。尽管师父努力营救，仍有几人因伤势过重而死去，其中包括两名“地底号”的水手。这么一来，那船舰的船员仅余三人幸存。木工赫卡洛斯虽身中数箭，且有多处刀剑伤，却是第一个痊愈的。他天生生命力旺盛，伤势才刚复元，就率领村民着手修理“地底号”。即使他的身体还虚弱，钉锤的声音仍然比谁都响亮。至于引航员马泰奥，他的右眼失明。第三名活下来的船员名叫泽南德勒，得到的战利品是一撮白发和头颅上一个马蹄般大的伤疤。他像只鹭鸶，经常来回踱步，又猛然停下，高声诅咒，脏话连连，若不是已经完全失去理智，就是从来没有理智；或者，已经发烧到了走火入魔的地步……

美丽的席雅拉被安置在一间小屋，只有女人能去探望。一位会治病的老婆婆每天守在她身边，替她煎煮一些奇特的药方。采珠女们为她奉上各式献礼。在这期间，甚至在此之后，海豚们不断在海湾穿梭巡逻，不曾间断。我们从不需要为岛上来客的粮食伤脑筋，因为海豚们猎捕眼前的飞鱼群，一直追逐到海滩边。我们只消弯下腰，就能捧起满怀新鲜飞鱼。年幼的海豚从浪花中伸出鼻头，邀请孩子们一起去游泳。从早到晚，它们愉悦地嬉戏，陪伴我们，以至于没有人能真的把发生在这个小聚落的不幸当成一场悲剧。

就在这段特殊的时光中的某一天，有一艘双桅船来到小岛海域抛锚。在往岸边划来的小船上，我认出了仔虎，心中却不无忐忑。他跳上沙滩。我们紧紧相拥。他还是那个老习惯，总是第一个开口，热情依旧，拿一大堆消息和问题轰炸我。他的妻子花小姐已经痊愈。好友拜耶利特地

捎上问候。夜官需要我，而他，依照约定，前来找我。

“我必须留在这里，仔虎。”

“事情有了变化，金脑。货又送来了，是 30 个月来最漂亮的一批。梁丰高兴得不得了。我必须带你回去。他们需要你来制作新的地图。现在，他认为如果我们盯人太紧迫，可能反而会触怒黑船那批人。你有新的情报吗?”

“五个多星期以前，我亲眼看见三艘黑船沉入海底。但不是我们要找的那些。”

他朝刚竖起船桅的“地底号”看了一眼。

“那位席雅拉，你询问过她了吗?”

“她跟这件事一点关系都没有! 绝对没有! 而且她……”

他用狐疑的眼光打量我。

“你很奇怪，金脑。”

“什么?”

“没事……你怪怪的，只是这样。”

“仔虎，我有件事要请你帮忙……这事儿有点难。”

我看见他的眼里闪过一丝捉狭的光芒。

“是会破坏我胃口的事吗?”

他真是位讲义气的知交。

“这里曾发生一场激烈的海战。我的意思是，就在离这里不远的地方。死了不少人，还有一些被海浪卷走失踪……我希望你把我算在失踪人口里面……”

“金脑!”

“你知道的，事情一定得这样结束。我们之间，情谊不渝。但是，对于博学夜枭宫和夜官，我就跟你明说吧！我受够了。我再也不想整夜趴在地图上，不愿意过着没有阳光和白天的日子。我都已经忘了我多么需要明亮的光线。管他的黑船，管他的不可说……”

“这一切，当然都跟那位席雅拉没有关系吧?”他问我。

他将目光移向海天交接的远方，突然又担心地补上一句：

“你要我向夜官宣布你的死讯?”

我沉吟起来。仔虎现在不是孤家寡人，他还有花、小儿子禅、拜耶利和他们一家人。我对他们每个人都有深厚的感情。而如果他欺瞒长官，所有人恐怕都要遭到那些恐怖官员的迁怒雷火。

“大家都看见你在海战后照顾伤员，要怎么让他们相信我呢，金脑?”

泽南德勒从我们两人中间走过，嘴里碎念着意味不明的话语，那撮白发在风中凌乱飘扬。

“你说得对，仔虎！不能谎称死亡，必须用别种方式消失。你看泽南德勒的模样。我也行，大可以装疯卖傻……我来写一份报告给曹慈和梁丰。看了这份报告，他们将放弃再征召我替他们办事……”

仔虎低头望着沙地，评估这个提议的可行性，然后再次探询我的目光。

“若要用这个办法，你可要使上全力啊！比方说，试着把写报告当成做饭……你还记得你那次做的黑香菇汤吗？难吃得要命。简直比一场小小的海战还难以下咽……”

“你真是我的好兄弟。”

仔虎在岛上停留了一天。他不太了解我对永高岛民的感情，他嫌他们粗野，不喜欢他们古铜色的皮肤，也不喜欢他们用餐的习惯。还有那个躺在小屋内的女人，飘浮在一个老巫婆配的草药所蒸出的雾气中，他完全无法产生好感。不过，又能重新跟黑船交易了。黑船回来了，夜官只在意这件事。

离别的时候，我把用书法写的调查报告交给他。报告里，我夸张地描述了黑船和海龙王的海战细节：海龙王从鼻孔喷出地狱之火，排山倒海，兴风作浪。海浪凶猛地朝我扑来，把我打到了海豚之女的海底王国。我乘坐一只海豚，平安归来。仔虎同意，从这篇故事看来，我的精神状态确实大有问题。

“你就说我整天都在等一艘独木舟，差不多已经疯了。”

“话虽如此，但我觉得这跟事实很接近。金脑，那个女人对你施了魔法吗?”

我送给他两颗细致的珍珠，让他做成耳环坠子给美丽的花小姐；另外给禅一把小弓箭。他在我的手掌里塞了一块小方砖，外层用一张漂亮的淡蓝色纸包装，香气宜人。

“这是雨流万溪省产的上好蓝茶，金脑。这茶万年不坏，如果你想的话，可以存放到永远。不必喝太多，它会帮你偶尔想起我……”

“我绝不会忘记你的，仔虎。而且，我只要摸摸头就会想起你：我的脑袋上有两三个练棍留下的骨痂。”

他滑稽地把手伸到自己的脑袋上，做了个鬼脸。

“随你便吧！金脑。不过，就这一次，我不是在开玩笑。蓝茶是回忆之茶，有助于追溯过往……”

“永别了，仔虎!”

我傻里傻气地捧着蓝茶，他指指我手中的小方砖说：

“再见，金脑!”

双桅帆船从我视线里消失。我去工地，找正在修理“地底号”的赫卡洛斯。魁梧的大个儿愿意让我帮忙，条件是我不能烦他。而我每次稍微多打听一点席雅拉的事情，就触犯到他这项规矩。我们刮磨了整副船壳，把上面的寄生虫都清除干净，现在必须捻缝。我们用沾满椰仁的椰子纤维来嵌填船板缝隙，接着用木槌敲进接缝处加固。这项工作花去我们好几天时间，非常耗力。我看见采珠女们又回到海里，潜游时比以往更活泼有生气。于是我推测，席雅拉的身体应该好多了。她在小屋周围穿梭往来的次数变得比较频繁，也开始偶尔出来透气，沿着沙滩散步；她看起来消瘦不少，苍白虚弱，双腿无力。

每天早上为她献上一杯蓝茶，成了我的习惯。在此之前，我好不容易说服那些守护她的女人，她们紧跟在美丽的席雅拉身旁，担忧地对我严加戒备。茶汤带她的魂魄回到过去的记忆。她手里捏着象牙小海豚，在内心的放逐中茫然迷失，就这么静止不动良久，一个字也不说，小口啜茶，毫不在意我的存在。她人在心不在，或者说，根本视我如无物。但是我呢，我的眼中只有她。她那瀑布般的乌黑秀发，澄绿杏眼下的饱满脸颊，她偏头的姿态，结实又精致的玉颈上，挂着一条项链，链子尾端系着令我羡慕的那块幸运符！她的伤势都痊愈了，但要挥别那股不适合她的忧愁，却困难得多。我从别人口中得知她为何烦恼。战斗到了最后，所有的伙伴围成一圈，以一当十，拨开敌人不断刺来的利剑，将她团团护在中间。但这副人肉盾甲终究还是溃败，而在她被绑在大船桅上的时候，这些死者仍尽最后一份力量保护她。至于负伤的船员，皆当着她的面被处决。她的身体上处处留下深深的伤痕。巨浪救了她。

赫卡洛斯、泽南德勒和马泰奥是最先倒下的几人，也因此而获救。海盗把他们当成死尸，跨过他们的身躯，冲去解决其他船员，怪罪那些人抵抗缠斗了太久。

采珠女们来找她。席雅拉能和她们游上几个小时。我想，是因为回到了水里，她才重新生出力气来关心“地底号”的修复进度。后来，那成了一种瘾。她每天去海里游泳之后，就到工地来和马泰奥及赫卡洛斯谈天。我则在一旁跟其他村民一起擦抹甲板，钉钉子，刨木板，听从赫卡洛斯的指挥，无论什么事都好！她仍然没看见我。一天早上，她要求看她那些地图。当马泰奥把地图拿给她时，烟熏的味道让她一阵作呕。赫卡洛斯讥讽地批评，说是某个喝茶的人用了某种特殊的晾干秘方。我愤怒地丢下铁锤。

“要不是我特地照顾，这些地图早就成了一团发霉的烂

纸，被虫啃咬，化为一堆烂泥！我把它们清洗干净，放在安全的地方晾干。或许味道有点重，但至少还是能辨读！”

我不太会说他们的语言。他趁机拉马泰奥当证人，火上加油地说：

“可怜的家伙，他已经尽力了。在他的国家，人们分不清晾干纸张和晒鱼干这两件事！实在不应该怪他，随便一个普通人，哪能懂得地图的价值！”

“在这方面，我懂得比你多太多了，赫卡洛斯。而且，相信我，那只不过是雕虫小技罢了！”

他两三下跃到我面前，伸长手臂要掐我的脖子。但他扑了个空。我一个闪身，他停不下来，绊倒一个水桶，跌了个狗吃屎；这个招式引来一阵哄堂大笑。他站起身。我看他用手背在嘴上擦抹了一把，心里立即明白：他接下来的动作将比先前更加危险。因为我刚才羞辱了他。

席雅拉并未插手。我猜，这跟水手之间的吵骂打架没两样，她见过的可多了。她往旁边退了一步，只等胜负分晓。她不担心会失去船舰木工，那家伙比我高壮不止两倍。更何况，他每过一段时间就需要大打一场发泄，让脾气柔和下来。他大声咆哮，向我冲了过来。我再次闪躲，但迎着他这一击，于空中抓住他的手腕，翻身转到他的胳肢窝下，使尽全力，用腰背撞他。我们都重重摔在甲板上，不过，我一脚顶住他的脖子，两手用力抓住他一条胳臂，往后弯扭。他不是个因为一边肩膀脱臼就放弃战斗的懦夫，但他还撞上了一块硬木头，昏昏沉沉的，多少促使他在评估形势后气馁胆怯。否则，我怀疑自己还能再压制他多久。我暗暗庆幸，多亏当初在暗影卫队的大院里，跟着仔虎辛苦学武功。

马泰奥帮助赫卡洛斯站起身。看见同伴摔得这么难看，他似乎也不怎么生气。他自己也经常得忍受这大个儿的坏脾气。席雅拉向我道谢，感谢我抢救了她的地图。这场纷争就此结束。我走上前指出："这个部分画错了。"我微喘着对她说："我对翠玉国的海岸了如指掌，很清楚这一片岩石带应该往北挪移十海里左右才对。因为不知道这个状况，所以海湾下有很多沉船骸骨。"

她以目光探查我。

"或许今晚我们该讨论一下，金脑。我喜欢在灯光下查看地图。"

我握拳咳了一声。

"其实，我的名字是科尔内留斯，或科尔内利斯，端视发音的方式而定……"

“好吧，科尔内留斯或科尔内利斯……谢谢你为我们所做的一切。”

那天晚上，在集体用餐的时候，我提防着赫卡洛斯对我显露反感，甚或再次挑衅冒犯。但他什么也没做，用餐气氛甚至特别轻松。因为，很奇妙地，这位冲动大个儿的优点跟缺点刚好互补，他不懂得记恨。我也选择跟他一样，忘了那场不愉快。晚餐后，席雅拉把我拉到一旁，询问地图的事。我逐处为她解说，指出错误和疏漏。可惜的是，我的本事最多只到海岸线，出了翠玉国，到海上，就一窍不通了。她展开另一张地图，叙述她最近的几次航行。在她的描述中，曾出现在她冒险途中的所有人事物一一出场。她把故事讲得活灵活现，媲美说书人那样生动活泼，果然如我所料。她热情而诙谐，声音微微沙哑，仿佛施了魔法一般，与夜色完美吻合。

接下来的每一天皆如此。我们避开旁人。而后来所有人看我们两人独处，都已见怪不怪。

我从她口中得知她的家乡之富庶丰饶及风土民情：岗妲湾的节庆、长者面饼分食仪式，以及回航庆典等等。从夜里到清晨，她带领我到已知世界的各方尽头。地球是圆的，她从未怀疑过。她曾往南航行很远，见过一片崭新的天空，截然不同的星座。夏天接近尾声，轮到我来叙述我的旅行。我手拿一根筷子，在沙地上画出那段漫长路程中的无数回忆。其中一个画面是伊德里思汗牵着他的猎兔犬。石头和贝壳代表我沿途所经过的城市。在这里，我告别了康比斯；在那里，我遇见了拜耶利……然而，我无法对她坦白促使我流浪的真正原因。我不愿提及那些把我当成一个认命仆从的夜官，也不想谈到那些在暗影卫队经过时，因为有点迷糊或好奇而付出性命的可怜人们。对我而言，说说仔虎在旅店闹的笑话，或月姑娘在闭眼鬼怪的洞穴里用美妙歌声唤醒月光石的趣闻，要容易得多。

然而，某天晚上，她冷得发颤；我从小皮囊中取出云绸，披在她的肩上。她蜷缩成一团，享受舒适的温暖，同时对于这条比真丝薄绸还薄透的纱巾大为惊讶。夜空下，她不敢置信地凝视我们头顶天空的变化缓慢显现于纱巾之上。于是，我把旅店的奇遇、那幅画、画中驶向蓝色火山的牛车，全讲给她听。我仿佛回到堤道上，迷失在滂沱大雨中，面对一名疲惫的村汉，那条黄狗陪在他身旁。我总觉得，当初他们之所以出现在我所走的路上，纯粹是为了把我带到这里来：花树茂密的山崖下，星光照耀的这片海滩，与这位既沉稳又爱笑的女子做伴。我们紧紧相拥。我

吻了她。就在我俩唇瓣相连那一刻，我感到，我的人生全面偏移，从此以她为主轴。

13

我们终于修好了“地底号”，让它重返波涛之上。船舰看起来焕然一新，但没有人手上船操作，该如何起航？海战带走了将近30个人。我提议卖掉我的月光石，换钱来招买一队新船员。席雅拉反对。

“我要找的不是水手，而是热爱航海的人……15个人左右就够了。另外会有人自己来加入我们。我向来只采取这种方式。”

她说得对。在有些人身上，那份对遥远天际的向往，不是区区微风轻吹，拂过无痕；而有如一种召唤，赋予他们灵感，是吸引，而非强迫。而这股神奇的吸引力比任何强迫他们留下来的理由强大千百倍。我和帕当划着独木舟绕了一圈，毫不费力就找到许多渴望冒险的年轻人。在这里，每个人的童年都在大自然中度过，个个敏捷灵活，强

壮有力，性情伶俐。但永高岛这一带的人们与家人之间的情感浓厚，牵绊之深，在其他地方极为少见。他们不轻易离开家乡。努力了几天，我们只找到三个人愿意牺牲家庭，随时准备出发。

在返回永高岛的路上，有两个小小的人影对着我们招手。他们的独木舟好小，简直像画在水面上的一条线。我排除他们遭遇到船难的可能性；因为，在这些有人居住的岛屿附近，绝不可能在海上漂流太久，一定早就获救被安置到村落里。帕当改向，朝他们驶去。那是一对白发隐士夫妻。老婆婆的下巴又尖又翘，几乎碰触到鼻子；老爷爷的山羊胡散乱在风中，宛若几条稀疏的长丝线。

帕当与他们用方言对话。他告诉我，这对老夫妻想为海豚之女效命。

“什么?!”

“他们久仰席雅拉的声名，想随她出发，加入下一趟航行。”

“这太荒谬了。我们不能用他们，帕当。你看见他们的年纪有多大了吧？我想我这辈子还没看过这么老、这么瘦、皱纹这么多的人。”

“谁知道？说不定我们会比他们早死呢，金脑！他们来自香岛。老爷爷叫寰，熟知群岛所有的过去，并能预知天气。至于老婆婆唐诺贝，没有人知道她真正的年龄。我母亲的母亲就已经把她当成祖奶奶了。据说她是在海底出生的……”

“席雅拉绝不会收留他们的。‘地底号’的空间有限。我们不能随便带他们走；而且，我认为，让他们怀抱上船的希望，是很残忍的事。”

两名老者听着我们讨论时，活像一对羽毛掉光、出来晒太阳的鹧鸪鸟，两颗脑袋滑稽地仰望我们，对着阳光眯起眼睛，眼皮不断跳动。在随长浪摆荡的小舟上，他们静静立着，小口啜饮空气。帕当还在迟疑。我实在受不了，在他耳边悄声说：

“拜托，看看他们！连站都站不稳了！暴风雨来袭，需要爬上绳索时，能拿他们怎么办?!”

他搀扶两位老人起身，帮助他们登上我们的船。两人像纸扎的娃娃，没多少重量。

“你知道吗？金脑，我们应该让席雅拉来决定。”

结果大出我意料，席雅拉几乎毫不犹豫地接纳了他们。她有所斩获，说服了两个村民和七位采珠女，其中包括妮荷、安荷和瑙，就是当初守着她小屋的那三只母老虎。整

个冬天，我们都在各岛之间学习操船。马泰奥掌舵，赫卡洛斯教我们依照风向扬帆。寰老爷爷有一种法力，能识破风向突然转变或恶劣的气候即将来临。我猜，那都是多亏了他那把一被风吹就抖动不停的长胡须。他总蹲在引航员身边，半闭着眼，从来没失误过。

“地底号”在月饼祭后扬帆。航行一个月，平安无事。我们在三香潟湖停泊了很长一段时日。席雅拉想带我探索建造在千万根木桩上的阿里扎德城。她为我引见扎莫林*，那是一位类似总督的官员，举止奇特，从衣着可判断他隶属静水院。她领我见识这里变幻莫测的贸易规则。一整个“雨抚季”，我们两人独自在一座漂浮庭园上度过。

她十分眷恋这个国度，缘起于对一位岗妲舰队舰长的追思。他名叫泽农·当布鲁瓦思，已在好几年前失踪。席雅拉对我描述她第一次横渡潟湖时，对美丽的阿里扎德是多么赞叹：城市悬于海天之间，直接浸淫在初升曙光之中；居民特异的风俗，任何国家无法与之相比，也令她啧啧称奇。连续多年，她回来过好几次。她学习了当地语言，以便享受那美妙的发音，歌颂活在世界的单纯喜悦。

对于这片水乡泽国，我没有席雅拉那种一见投缘的感

* 扎莫林：Zamorin，为葡萄牙语，意指统治山林与大海的人。

觉。这里的一切都微妙，流动，难以预测。我熟悉的是大漠干燥的空气、高山峻岭的澎湃激昂、山林荒野的专横傲慢。在这里，运河蜿蜒曲折，湖景地形不断变动，雨季一来，湖岸就泛滥；我常迷失不知去向。每次靠港都应该画下那不同的地貌才对。而我相信，我们的恋情也在此滋长，融入闲来无事的午睡时段和清凉宜人的夜色之中。

我没想到在海上能有这么多发现。席雅拉决定将她心目中最美丽的风景献给我。我们的航程以沿海旅行和长期泊港为主。“地底号”与浪花嬉戏，波浪也欢喜回应。海豚与我们为伍，飞鸟成团，翱翔于船舰的尾浪上方，我们处处遇见令人赞叹的神妙惊奇。我们做罕见轻巧的珍品生意。珍珠和象牙珠宝不在话下，也买卖香草、肉桂、麝香和丁香花蕾。“地底号”宛如一座香味四溢的宫殿。从头到脚，席雅拉麦金色的肌肤散发香气，起床梳头时，那一头柔软的秀发也飘着芬芳。扣除船舰维修保养和补充存料的费用，获利均分给船上每一个人。席雅拉订下的规矩只有一条：以我们集体所需为优先。无论任何时刻，无论引航员或水手，每一个人皆需恪尽职守，但是每一个人，也都有绝对的自由可以随时离开，不需要理由。

有些人只出去一阵，然后又回来。另有几人就此与我

们别离。泽南德勒，自从黑珍珠海峡一战以来，他的精神状况始终没完全恢复；我们第一次返回永高岛时，他就留在岛上不出航了。赫卡洛斯在前往阿里扎德途中恋爱了，抛下我们，随一位美丽的岛女而去。我们的两位老道长，寰和唐诺贝，身形虽然矮小，食量如鸟儿那么少，却固若金汤，怎么样也打不倒。我从没见过这么轻盈的人。每当“地底号”遭受稍微强劲的低风来袭，我总担心他们会被吹飞。我曾提过，寰老爷爷有预知诡变天候的法力，所以，席雅拉经常向他们请教。他能在几天前就宣布暴风雨或飓风即将来临，确认风暴来去的方向；我们因而有足够的时间走避，或事先驶到可遮风挡雨的地方。唐诺贝老婆婆则有一种第六感，能察觉隐藏在水面下的危险。每当这位纤细的祖奶奶感到一丝担忧，嘴里开始喃喃叨念，整艘船舰从上到下立即如临大敌，慌忙骚动。马泰奥分派我们守在大大小小的船桅旁，加强戒备。当我们遇上险滩、暗礁、海底沙洲或水怪时，必须做出最坏打算，迎对突如其来的凶险，全力防备船舰改向。

席雅拉的王国是这样的：星罗棋布的陆地与陆地之间，连接的道路肉眼虽看不见，却完全可以交由风的推动和洋流盲目的力量来决定。“地底号”熟知这些路径，遭遇风雨时无畏无惧，英勇地乘风破浪，坚持定见，如一头本能准确又理性睿智的动物。

只有一件事，我和席雅拉的意见相左。我迫切地需要在我们登上那些陆地之后，深入内陆探险。所有能令我或多或少想象蓝山的一切，都吸引我。但是她无法忍受离开诡谲天空下那片永远不稳固的海洋广原太久或太远。她对陆地兴趣缺缺，除了溯溪或沿瀑布而上之外，她并不喜欢踏进内陆。瀑布下方涓滴聚成的浅池让她雀跃着迷，但大山会勾起她痛苦的回忆。她每天都需要游泳，可以和采珠女们潜水几个小时，只为了想多亲近海豚；而我，我总很快就对水花四溅的嬉戏感到厌烦，对住满了毒水母、触爪生物和尖牙鲨鱼的海底心怀戒惧。对我来说，偶尔下水一次就够了。海底世界令我不安。

一旦远方出现一座岛屿，只要岛上有山，我一定下船登顶。大多数时候，帕当都陪我一同前往，他也爱好山林探险。在我们上山这段时间，“地底号”或抛下船锚等待，或沿海岸漫游。我们曾整整走了一个月，曾经迷失方向，也曾登上一座叫“科莫多”的岛屿，遇见一头黑色巨兽，多疣鳄皮，尖牙利爪，活像一只长着蟒蛇长舌的巨龙，咻咻吐信咆吼，散发腐尸臭味，逼得我们拔腿奔逃。我知道这

很难以置信，但这头怪兽的尾巴一扫，就能打碎树干。我们终究逃离了巨兽的威胁。顺带一提，我们最后总是能平安归来。当我能对席雅拉描述一对天堂鸟的金褐色羽毛，或一朵小花，或一种不知名的水果，那一刻即是幸福。火山比任何东西对我更具吸引力。我不止一次爬上石灰质山坡，从火山口旁的山脊向下眺望，欣赏那些地狱之门烈焰沸腾。而当我回到船上，席雅拉裹着云绸，到甲板上来迎接；当我们在满天星斗下，一起凝望那座火山锥和从锥口冒出的云烟，我总又想起蓝山，那座遥远不可及的蓝山。我将她紧紧拥入怀中。

“我不喜欢这种感觉，科尔内留斯。每次你去那些冒火的山上，我就害怕。”

我张开手掌，捧起她的脸。

“嘿，不是我自夸：我可从没见过任何事物或人能让你害怕……”

“别开玩笑。你望着那些火山时，简直变了一个人。而且我也不喜欢那座蓝山，还有你说过的那只黄狗……”

“你知道的，席雅拉，一天没踏上欧赫贝岛，那些故事永远不会放过我……”

“欧赫贝。只是，它真的存在吗?”

“黑船不是我编造出来的，云绸也不是我编造出来的；我也没有凭空捏造伊本·布拉扎丁这个人和他的《靛蓝双岛回忆录》……”

“是啊！那本你凭记忆重建的论著。毕竟，它被玉兰城大牢里的判官扣押了，我知道……”

“你不相信我？”

“科尔内留斯！你不可以这样侮辱我！我当然相信你！”

类似的争吵久久才出现一次，在我们清朗明亮的天地里，如一阵疾驰的烟云，过眼即逝。而且，如我私心所料，“去寻找那座神秘的欧赫贝岛”这个想法已逐渐在席雅拉的脑子里成形。我唤醒了她的发现者天性。要实现这个计划，我们必须再朝更南方航行，完全深入未知之境。不过，在那个时候，我们对此一无所知。

14

我曾试图为她再制作一张天尘地图。我知道她梦想要一份，可以就着月光观看。但我欠缺部分材料，无法制作天尘墨；而且，最初几次的尝试失败，已浪费了我半数的月光石。终于，琢磨了好几夜之后，我熬出一种墨，虽然墨色稍微不如当初在博学夜枭宫所使用的那么明亮。在这张图上，我想集结所有区块以及我们曾听说的所有岛屿，借此投射出一个供人梦想的世界。每次下船到港口，我和帕当就去找水手聊天。我尽可能地采集所有故事，坚持要他们把所有细节描述给我听，并指出故事发生的地点。某位水手曾见到一群人鱼沿着一大片珊瑚礁岩游泳；另一人曾遇到一只凶猛的白鲸；有一位水手，在安曼达群岛外海，差一点被狗头食人族吞掉；另一位被困在一座浮岛上一整年，只能利用岛上的椰子树，宛如扬着颤抖的帆，四处漂流……

“我呢，曾遇过一件很奇特的事……没有人愿意相信我，但这可是千真万确：在我年轻的时候，乘一艘租给尼兰达国王的商船航行。出发后一路顺风，平安无事。结果，在第三天，风平浪静，什么都没有！没有一丝风，海面如镜，艳阳高照。在毫不留情的烈日下，我们等了一天又一天……要不是已经受尽折磨，快渴死了，我们都想自己往船帆吹气。突然间，那团云变得好大，浓密又结实。好大好大，我不知道该怎么说，简直像是一座空中城堡……那朵云低掠过海面，每次转换方向，就劈下红色或蓝色的闪电……而海水则始终静滞不动，只缓缓荡漾，翻腾得我反胃。云团最后一次转向，朝我们直扑而来，阴影笼罩整艘船舰。而就在那个时候，从云朵中飘散下千万片五颜六色的碎片，下大雨似的，洒落红宝石和蓝宝石……”

“哇……”

“那是小鸟，极为袖珍的小鸟，羽毛鲜艳美丽极了！腹部是红色，背部是蓝色的……”

“蜂鸟？”

“燕子？”

“我根本不知道。总之，不是海鸟。它们慌张狂乱，想

必是一场暴风雨害它们迷了路……”

“或许它们是从那些漂流在辛巴达群岛附近的大巨蛋里孵出来的……”

“天知道？反正，它们把我们的船舰当成陆地。起初，我们觉得这在我们头顶上叽叽喳喳的天籁很美妙。只是，它们的数量愈来愈多，船桅上、横桅上、甲板上、船舱里，到处乱停。它们如雨点般降落，成群侵袭。它们的爪子紧紧抓住我们的头发，在我们的长衫里筑巢，啼声尖锐，不绝于耳，我们的耳朵都快聋了。我们抡转手臂挥赶，却被漫天羽毛呛得无法呼吸。羽绒沾在我们的眼皮上，堵住我们的耳朵。然而，最糟的是，甲板承载不住重量，逐渐倾斜往下沉。该来的终于来了：我们的船沉了！”

“什么？就这么沉了？”

“没错，就这么沉了！被放在手掌上不比一只刚出生的老鼠重的小鸟弄沉了！我们攀上一块残骸漂流，全船只有三个人生还。”

“这让我想起我在一座只由一棵大树构成的岛搁浅的事。我们拆船桅，割断缠绕在树枝间的绳索，忙了一整夜。而那一整夜里，低沉的虎啸在我们周围徘徊不去。回到海上之后，我们才发现少了两名水手。甲板上血迹斑斑。现在想来我还会起鸡皮疙瘩。”一艘双体帆船的引航员加油添醋地描述。他浑身散发汗酸和腐鱼的腥臭味。

“那是塞尔瓦丛林岛……”一名全身刺青的独木舟夫纠正他，“那座岛上有飞虎，一掌就能置你于死地。它们会一口咬住你的脖子，把你叼走。瓦尼寇哇的人到岛上来猎虎。很多人就算没在那里送命，也都变成残废回去。”

帕当挺起胸膛，大声炫耀：

“这些都不算什么！我真想让你们见识一下科莫多的巨龙！当时我和金脑在一起。那是地球上最恐怖的猛兽了。”

“很有可能！”坐在他隔壁的水手点头同意，“那附近的渔夫都成了它们的食物。”

“比起济诺塔岛民，我还宁愿碰到科莫多巨龙！”独木舟夫仿佛自言自语似的轻声说。

“此话怎讲？”

“他们是食人族！”

“呸！还真走运！”

“最惨的是，他们也用同样的方式喂食岛上的大山！”

“用人肉？”

“一点也不错！那座岛的风景简直像天堂。你以为来到了一座花开处处、结实累累的花园。然而事实上，那是一

个陷阱；多少不幸误入的英勇水手都从此失踪！”

“那座岛在南方还是北方？你能告诉我岛的位置吗？”

独木舟夫拿出一个用芦苇细绳编出几何图纹的小袋子。他为我解释这袋子的用途。织纹上的某些草茎代表主要的四面风向，与它们斜交叉的苇草则指出涌浪的方向。在交会处，贝壳标示岛屿。我从未见过这么引人好奇的地图。他先指出我们所在的这座岛，接着指出科莫多岛，沿着这两地间的线路往南拉长三倍，指出五颗黄宝螺组成的一个小群。其中一个贝壳即为济诺塔岛。把这段距离再乘两倍，地图最下方，在好几个方向都经过的交会点，缀有一片正圆形的珠母贝。

“那这片贝壳呢？”我问。

“我没到过那里。那岛上刮着大风。”

“刮大风？”

“对。那座岛周围有气流环绕。必须在早晨，趁着云雾尚未升入空中，迅速登岛。在晚上，根本看不见那座岛。”他喝下不知第几大杯棕榈酒，神秘兮兮地补上一句，“一定要扬黑帆才能抵达！”

“那座岛叫什么名字？”

“欧赫达？还是欧赫莱？类似这样的名字。要去那座岛十分困难。风太大，洋流逆向。我们一直都把它标记在地图上。那是最南之境。”

我买下他那份地图，用来跟我的天尘图做比对。代换成他的测量距离之后，我发现，许多以前闲聊听来并画下的岛屿，都符合这张原始形态地图上的贝壳位置。我还增添了不少人鱼、鲸鱼和巨大章鱼怪，让我的图更加完满。席雅拉虽然有点担心，仍觉得这份地图非常美丽。一个满月的美丽夜晚，我们两人肩并着肩，一起趴在甲板上，看着天尘图闪耀月光，伸出手指，勾勒想象的航线。珠母贝圆环所标记的大岛的光亮盖过其他部分。事实上，所有路线都被它吸引，朝它集中。

“这圈大圆环是什么？科尔内留斯？”

“欧赫贝。我遇到一位独木舟夫。根据他的说法，这座岛真的存在。”

“说你顽固真是没错。”

“不比你顽固吧……”

“好吧！”她撑起手肘，说，“我们该试试。”

“你说的是哪件事？”

“去那里的事。去欧赫贝，如果那座岛的确就是它的话。”

“我不敢发誓说它就是，席雅拉。这一切，全都是假设……”

“我们还是可以试试！我好想去那里亲眼见识。”

一旦席雅拉下定决心，所有事情都飞快进展。我们补充了大量椰子、甘薯、芋头、鱼干和活鸡。不到三天的时间，她将全体船员召集归队。

“我们要将‘地底号’驶向最南之境。有一大片看不到尽头的涌浪等着我们，这中间几乎找不到陆地能解渴。所以，我不强迫任何人加入这趟旅程……”

然而，“地底号”及其居民，实为一体。这种体质被打造来享受停泊港湾的快乐，也用来迎接未知的挑战，具备前往世界另一端看看的本事。没人下船离开。

我们扬帆朝五岛屿群航行，夜以继日，整整一个月。我们的淡水存量开始短缺，而远方的天空点燃一道道闪电，散射耀眼炫目的虹光。我们接近后发现，这些反光皆来自一片为高大树林覆盖的土地。大树高高挥摆长着眼状斑纹的阔叶，枝叶舒展成扇子的形状。老婆婆唐诺贝感到洋流将我们直接推往那块陆地，开始嘀咕个不停。她看这种过于欣欣向荣的植物不顺眼，视之为水下的陷阱。马泰奥收到警讯，令人收掉几面帆；而我们则四处搜寻淡水。不过，什么也没发生。海岸逐渐靠近，我们在一汪晶莹清澈的锚场抛下船锚，海底五颜六色的鱼群天真漫游，清晰可见。我和帕当下船，上岸探勘。我们仿佛置身仙境。孔雀树轻盈的树干向上拔生，长到令人张口结舌的高度。而最高之处，闪映着点点光亮的叶屏在微微海风中徐徐摇曳。叶面上的眼状斑点使这丛枝干神似孔雀盛开的尾屏。我们在树荫下找到清凉澄澈的淡水，顺坡而下，潺潺流向沙滩。我向席雅拉报告这个好消息。

我们将两艘独木舟连结成排筏，用大瓮装水，运送到"地底号"。来回三趟，已存够我们的饮用水量。席雅拉趁这次停泊的机会，和采珠女们结伴下水潜游，顺便检查船壳。我不明白她在担忧什么，我很少见她如此紧张。她仔细审视干舷甲板，接着是船底，并抬头观察天色；她确认下后角索和所有绳索捆绑牢靠，一句话也没跟我说，只催促我加快动作。到了傍晚，一切就绪，随时可以出发。顺风吹起，急骤的阵风吹拂整片海湾。船舰拖锚转向，准备朝汪洋起航。但是，我实在很渴望再多停泊一会儿，深入岛上探险。席雅拉头一次严正拒绝了我：

"绝不可以，科尔内留斯。现在就必须离开。自从我们抵达之后，唐诺贝老婆婆就不断喃喃叨念。我不喜欢这种

状况。”

“我很爱唐诺贝老婆婆，但说真的，这次她实在是啰嗦了点。”我笑着说，“你跟我一样，心知肚明。”

她愤怒转身，掉头离去。我追上去争论。

“听我说，席雅拉！溪流上方到处都是面包树，我们可以趁机采一些，你不觉得吗？而且，我还看见野猪的脚印。我打算和帕当去猎几头回来……”

“船舱里的粮食够多了。”

“吃点鲜肉对船队又没什么坏处。更别提这里结实累累的水果了。弯个腰就能摘到。拜托，席雅拉，你到底在怕什么？这是一座荒岛，无人居住。没有人，沙滩上连个脚印都没有。沿溪两岸也都没有足迹。根本没有人住。”

“我并不害怕。但是，我不想在这里拖延时间。船员们都很浮躁。我们的两位老人家一直扯我的衣袖。自从抵达这里以来，寰老爷爷就全身颤抖到现在还没停。”

我让步寻求妥协。

“好吧！给我一天就好。山顶并不远。从那上面，我可以确切掌握这个岛的形状。这岛看起来不大。在这段时间，‘地底号’可以去绕一圈。这样，等你回来之后，最迟明天晚上，我们就可以比对我们彼此的观察。你说这样好不好？”

她转过身来，严厉地瞪着我看。

“我说的话你没听懂吗？不！一点也不好！我也一样，我不喜欢这个地方。太平静了。对那些树，我不敢掉以轻心。它们简直就在监视我们。”

“你得了妄想症！那都是些无稽之谈！而且，帕当也不相信那些说法。他答应要陪我上山。”

“绝不能把你们单独留在这里，就算只有几个钟头也不行，更别说要过一夜了。你们留下，我们就留下。但是，我必须先征询船队的意见……”

“何必呢？”我继续尖酸刻薄地说，“我们两个都很清楚你的船队会怎么回答。尤其是唐诺贝那个嘀咕个不停的老妖婆！应该叫他们听从你的命令才对吧！”

“很好。那就起锚吧！”

她把我丢在原地，转身去指挥起锚操作。至于我，我则打算去找帕当，邀他和我一起下船，害他违令也在所不惜。到时候瞧瞧，她是不是真敢把我们丢在这里！但是，船锚才刚拔起，船帆才刚张开，风势却全面静止下来。事情太突然，太出人意表，我们大家都仰起头望向天空，试图了解这突如其来的纹风不动是怎么回事。就在前一个瞬

间，海湾里还吹着徐徐凉风；但只一转眼，什么也没了，连一丝气息也感受不到。船舰静静地停滞在蓝色的船影上。船帆了无生气，像窗帘一般垂挂瘫软，这真是航海人最厌恶的状况。更令人为之气结的是：岸上，孔雀树抖动摇摆，仿佛一阵又一阵长浪。如果有风，想必是被一只隐形的手拦截抓住，阻止气流穿越狭长的沙滩。我们的船就停在距滩岸不到十庹*之处。虽然不动我们一根寒毛，那只手的力量却愈来愈强大。孔雀棕榈树的波浪舞逐渐转变成愤怒的拍打。一阵如雷巨响，比那激动的狂鞭乱舞更惊心动魄，从海湾这一头滚到另一端，是连续不断的鼓声轰隆。几十名花花绿绿的战士从森林倾巢而出，高举他们的独木舟，发出宣战的叫嚣；一大群人喧嚷呐喊，大力划着短桨，朝“地底号”来势汹汹。

“食人族！”帕当尖喊。

我们急忙冲上饱受威胁的甲板，有的拿弓箭，有的执长矛。

席雅拉靠在长栏杆上，嘴唇发白，比墨鱼软骨还要白。

“召唤海豚吧！”马泰奥恳求。

“我不要。太迟了，蛮族人数太多了；它们会沦为屠杀

---

* 庹：古代长度单位，一庹相当于成人左右两臂平伸的长度。

的对象。为什么我的海底弟兄要为我们误入歧途付出宝贵的生命?”她说这话时直视着我。

第一波进攻者挟带一阵弹雨涌来。有一群人已经踏上甲板，我看见他们抓扯妮荷的头发，打算把她掳走。他们全身涂满彩漆，发出恐怖的咯咯鬼笑。我和帕当立即扑向他们。第一个家伙在我脚边倒下。我抢走他的狼牙棒，痛击后面那些野人。在我右方，马泰奥长矛一插，一次杀了两个，从掳人蛮族的手中抢救出妮荷，把她护在我们身后。我听见绝望的呼喊，转身朝背后望了一眼。整只船队都在保护席雅拉。叫声来自别的地方。食人族抓走安荷和瑙，朝滩岸划回去。领头的划桨手中箭倒下，独木舟翻船。两名采珠女潜入水中，在船龙骨下方奋力快游，成功游到船舰另一边躲藏，攀住船壳，仅把头探出水面呼吸。处处打斗激烈。席雅拉手执长剑，嘶吼指挥。我把狼牙棒当斧头，朝她的方向劈出一条血路。我来回挥砍，砍掉脑袋、胳臂、双腿。狼牙棒砍断了。我躲开一名蛮族战士的攻击，用仔虎的招数，以手肘撞飞他的三颗大牙。这一切又快又准，也绝对威风十足，却阻止不了愈来愈多的蛮族攻上甲板。他们志在必得，决意饱餐一顿。突然，我感到蛮族之间蔓延起一股不安的情绪。他们互相叫唤同伴，手指着船舰前方：那儿冒出一个凶神恶煞般的形体，喃喃施念咒语，令人毛骨悚然。虽听不懂她念了些什么，但我可以作证：那些刺耳的喉音像细针一般，钻入皮下，引发剧烈痉挛，足以锁紧喉咙，令上下颚不由自主地磨牙打战。直到她走到我身边，我才认出：那是唐诺贝老婆婆。她两眼翻白，僵直的身体朝后仰，四肢扭曲，全身是血，沾满羽毛。她看起来丝毫不像在开玩笑。而从她口中喷发的有毒音波，深长又急骤，以最猛烈的力量冲撞涌上船来的食人族。他们个个腿软发抖，蜷缩成一团，仿佛正遭落冰雹般的棍棒毒打。

“这……这是怎么回事?”马泰奥结结巴巴地说不出话。

“不知道。他们的胃口应该都被她破坏了。”

至于寰老爷爷，不知他是怎么办到的，竟然爬上了主船桅顶端，求神起风助我们一臂之力。这位神明，无论以何种形式存在，总之他听到了。因为，岸上那阵摇晃树木起舞，却不把我们看在眼里的风，突然跃上水面，吹入船帆。紧绑在下后角索上的帆面胀满，我们欢天喜地，蛮族惊惶无助。一名浑身浴血的鸟形女妖凭空冒出；船帆突然全部鼓胀，发出声声巨响，这两起异象连续发生，使他们陷入难以言喻的恐慌。马泰奥连忙掌起舵。船舰猛然前倾，全速冲出，蛮族脚下突然滑动站不稳。我们趁机大力挥桨，把他们打落水中。“地底号”转向，逃出陷阱，船壳骨架咿呀，留下长长的叹息。

船舰很快驶离海滩。我们行经之后，孔雀树一棵棵闭合叶屏。光鲜斑斓的枝叶明显变得黯淡；抵达时那令人陶醉的天堂芬芳已消失，反而散发出一股恐怖恶臭。好长一段时间，我们一句话也说不出来，就这么注视着那座岛，看它变得愈来愈小。我不禁想起那些为吸引昆虫吞噬其肉髓而盛开的美丽毒花。这座岛庇护食人族，以鲜艳亮丽的植物迷惑航海人。蛮族从监控岛屿的孔雀树得知有人上岸，等待风停，攻击中了他们妖法的船只。在那片迷人的海滩后方，他们策划着何种恐怖的料理，会用什么方法吞掉掳来的人？我不敢想象。接着，饱餐过后的食人岛将被掏空鲜肉的残骸付诸风吹水流。为了证实这恶魔的行径，海风与洋流将我们带到一座海上坟场，满眼皆是搁浅的船舰。几十艘，来自各个时代、各种地方，竖立着无用的船桅，宛如一只只翻倒朝天的大虫。我不能埋怨席雅拉对我冷淡。由于我犯下的大错，差一点点，“地底号”也将沦为其中一只。

15

“地底号”乘着这阵风势，夜以继日地航行。一天早晨，所有人都挤到船艄，观看一圈云彩在朝阳照耀之下，逐渐呈现玫瑰般的粉红。晚上，地平线被一圈高耸的环形峭壁阻挡视线。船舰沿着海岸航行了十天，我们看见一长串岩缝，后方则展开一个小湾，湾里停泊了几百艘船只。港湾尽头，沿坡向上，盘踞着一座白色大城。

“欧赫贝。”席雅拉轻声说，握住我的手。

我看见她眼中闪耀着和我一样的喜悦。

马泰奥轻松地带我们驶入港湾。几名官员登上甲板。他们的翻译是个瘦竹竿，穿着当地服饰。衣服披挂在他身上飘飘荡荡，而他的神态也飘然陶醉，对自己的角色想必十分满意。他滔滔不绝地讲了一大串，都是我们从没听过的话。我猜那是某种“你们是谁？从哪里来？”的意思，以30

种不同的语言发问；因为，在众多陌生音节中，总算突然跳出这两句我们听得懂的话。他看我们终于明白，便以我们的回答为准，用我们的语言继续讲下去。他说话的方式很奇怪，但凑上耳朵，皱起额头，勉强还是能听懂。在这段时间，官员们往下进入货舱，检查我们的货品，然后又回到甲板，对于查获之物颇为满意。翻译告诉我们：必须留下十分之二的货物，折抵通关所需。这“十分之二”表达得清楚、不容置疑，因为他伸出右手的食指和中指，在我们眼前来回挥动了好几次。官员们各自挑货，接着，将所有货物登录在一本清册里，席雅拉签上押花。

我们回到甲板上，观看其他停泊在港中的船只。没有一艘跟“地底号”同种类型。

“我们真的来到地球的另一面了！”席雅拉赞叹。

为了下船上岸，我们穿上最华丽的衣裳。每一位船员都想到这个新世界尝尝鲜，就连平时十分谨慎的唐诺贝和寰也不例外。席雅拉只好订立制度，让大家轮流值班。

不得不说，一切都那么令人跃跃欲试：摊铺光彩夺目，水果堆成小山；码头上，沿街的露天餐馆飘出香味，渔夫们坐在一排排双耳尖底瓮和鱼篓之间补破网。

在我们靠港第三天，费用结清，交易权正式生效。我

们已把货物打理妥当，准备贩卖。这时，官员们又登上船来。这一次，他们要求看地图。席雅拉找不到理由拒绝。他们没收了三份最美的地图，包含天尘图。我们并受邀跟他们前往宇宙志学院。到了那里，他们宣布，我们的地图必须经过仔细审核，因此，“地底号”必须留在码头，停留多久无法确定。在结果出来之前，我们是他们的嘉宾，居留的一切费用都由他们来负担。

席雅拉逆来顺受，随他们处置。我想，欧赫贝唤起了她对岗妲城的思念：港口一样热闹，宫殿皆为纯白，正午的太阳同样酷烈，大街小巷也如迷宫一般蜿蜒穿梭，寻觅能遮荫的拱廊。我们登上最高的平台。从那里望出去，圆顶与屋顶层层交错，绵延直至海湾，景色一览无遗。我们在地图绘制师和书商集结区的廊道下坡，巧遇马泰奥。他正与几位引航员和船长谈得兴高采烈。结果，到了晚上，这一小群人全又在“地底号”的甲板上碰头。这里进行着一场各种地图的大买卖，海图和陆地图都是主要的交易物。不过，关于那片辽阔无垠的土地，也就是地图绘制师们口中所称的内陆大地，任何提及那块区域的地图皆禁止买卖。

两根大船桅之间张起一面帆，在灯笼火光照耀之下，夜夜热闹到晚。欧赫贝的夜晚灯火通明。每艘船上永远有一群人。因此，当某个夜里，这祥和的人群中突然起了动静，就不可能不引人耳目。所有脑袋转往同一个方向，我们跟着望去，只见三艘鸟儿般玲珑小巧的船舰抵岸。朦胧难辨的三艘小船缓缓滑动，几乎寂静无声地，穿越一排排船桅丛林。

“席雅拉，你看他们的帆！”

黑色的，跟夜色一样黑。

“那是云绸做成的帆！”

可惜，也一样穿得一身黑的水手们动作精确，已迅速将帆收下折起，最后，令人费解地，他们一派轻松，操桨划船，来到宇宙志学院附近，驶进一个专为他们保留的码头，正对一面斜板。一个钟头不到，横桅已经降下，船桅皆一根根拆下，顺着甲板的方向放倒排好。学院宫殿围墙上，一道矮门开启。一辆滑轮车将三艘船拉上斜板，船舰依序消失在门后。

“他们是供应家。”帕夫萨尼亚斯说，“地底号”的夜间聚会里，他是出席最勤的人之一。想必是因为他对瑙颇有好感，而瑙似乎也给他很正面的响应。“他们到世界另一端去找地图。看船旗就知道是他们。”

“我不懂他们怎么能用这么细腻的布料做成帆。”瑙说，

“这已经超乎可理解的范围了。”

“那些帆是用布条交叉编织，层层相叠，多次缝制而成。这种帆比外表看起来的样子牢固得多，撕扯不破。船上的绳索也以同样的材质编成，永远不会断。但是，只有宇宙志宫殿能享有如此奢侈的配备。那样的帆布，亲爱的瑙，折起其中一面，您的一双纤纤玉手若是握起，就能拿住；而其价值比‘地底号’整艘船，包含货舱里所有货物，还要更高。”

“还附赠整支船队，特别要选你在这船上的时候。”马泰奥故意开玩笑。

“我可不会这么说。我觉得这支船队是无价之宝。”帕夫萨尼亚斯回答，并微微俯身望着瑙。

“要那些供应家有什么用?”席雅拉问，“在港口，到处都能找到地图，甚至都摆到店头后面的房间里去了。更别说那十几家抄图师工作坊了！他们能大量复制相同的地图。”

“那些图都未经挑选，良莠不齐啊！亲爱的席雅拉！供应家的任务则是带回与众不同的独特地图、路线图和‘未知大地’的地图。而这些地图，相信我，绝不可能复制，一旦进了宫，就出不来了……”

看得出来，席雅拉和我想着同一件事：也就是说，跟其他地图一样，翠玉国天尘图的漫长旅途将以此地为终点……

帕夫萨尼亚斯跟我们一样是外国人。但他经常来欧赫贝。他引人入胜地为我们描述了地图绘制师这个阶层的样貌。那群人博学而骄傲，向往发现家们有点虚浮的荣耀与盛名；深信这座岛样样最优异。他们待人热情，但与人保持距离。居于高处的雄伟宫殿统治全城。这座港城是进入岛屿的唯一入口，与外界唯一有接触的地点。至于学院宫殿，那是一座迷宫，完全转移为地理艺术所用。对宇宙志学者而言，那门学科好比一种宗教。

“光是那座内陆大地花园就值得花好几天去参访。他们将采集到的所有动植物都聚集在那里。不过，像今天这样的美妙夜晚，沙滩边缘的小公园却略胜一筹，更加迷人：在这儿，人们可以一边喝些凉饮，一边享受音乐……”

“我们去逛逛好不好？”瑙提议，她知道我们都开始昏昏欲睡了。

“就在夜晚这个时刻，”帕夫萨尼亚斯说，“花香最浓。我带您去走走吧？”

他站起身，对她伸出手臂。马泰奥也站起来，准备一

起去。我暗中拉住他的衣袖。帕夫萨尼亚斯和瑙一起步下舷板。马泰奥也告辞离开；临走前，用他仅剩的那只眼，对我投以恼怒的目光，悻悻然地转回他的舱房。我们忍住不大笑出声。

“以后你们去潜游的时候，妮荷和安荷得习惯少她一个人了。”我目送瑙挽着她的英俊船长走上码头，对席雅拉说。

“别担心。这一阵子，她的姐妹们也没空常去游泳了。你难道没发现？拜倒在采珠女裙下的，不止帕夫萨尼亚斯一人。”

“呃……”我搔搔头，“欧赫贝岛上真是处处惊奇……”

“比方说，那些黑船。”席雅拉换个话题继续说，“它们跟当初攻击‘地底号’的海盗船毫不相关……却能航行到翠玉国那么远的地方而不被发现。这些水手的本领可真高强，你不觉得吗？”

“你说得对。历经风险沧桑，却能保持完好如新。他们的船舰吃水并不很深，究竟是怎么征服汪洋大海的？咳，天凉了，来，我们进舱里去吧……”

接下来的几天，我们继续探索这座城。在港口边散步时，帕夫萨尼亚斯来充当我们的导游。在五珍码头上，贩卖着各式各样的动植物，令我们大开眼界。但他强力推荐我们参观内陆大地花园，这样，对欧赫贝丰富繁多的原生物种才能真的有概念。在内陆花园里，我们遇见一位少女。她身穿一件真丝薄绸宽袍，头上戴的帽子让她看起来像一朵优雅的香菇。她正忙着描绘一只在池塘里的乌龟。我十分赞赏她灵巧的笔触。她朝我们转过身来，大出我意料，她能用我们的语言与我们闲聊。

“您看起来还这么年轻，”我问她，“却已行走天涯?”

“不，但我学过很多种语言。在我们这里，这是进入彩绘室当女制图师的必要训练。我想成为制图师……”

我问她：在这些花园里，该最先看的是什么。她合上画册，一跃起身，自愿当我们的导游。她说出树的名称，一一辨认，并根据花朵是朝天空盛开还是朝地面绽放、果实有没有壳、树干笔直独立或分叉生枝等等，加以分类；有一种分类法，最令我们啧啧称奇：依据树影轻盈还是浓密，哄人好梦入睡，还是相反的潮湿阴暗，招致疾病来加以分类。她的知识渊博，似乎永无穷尽。

“想起当年，岗妲城的花园让我大开眼界，”席雅拉低声轻叹，“却还不及我们在这里所看到的十分之一!”

“这一切，”少女洋洋得意地说，“都来自内陆。那片土

地辽阔无边，想绕我们这座岛一周，至少需要航行好几个月……”

“但这并不足以说明种类如此繁多的原因。”我指出疑点，“除非好几种气候相约在同一个地方、同一时间出现，否则，在一块土地上，为何能存在这么多种差异甚大的动植物呢?!”

“内陆大地时时变动。你们看到峭壁上方那圈云雾了吗？那是薄雾之河。有一道气流不受任何外物影响，牵引雾气不断环绕旋转。内陆大地就隐藏在那条云雾环流后方，远离目光，变化万千。”

“您的意思是，那片土地会改变形态?”

“它一直在变动，没错。”

“跟云一样。”席雅拉喃喃自语，“就像围绕着我们的海与云。”

“因此，我们总能一再派探险队前往探勘。”少女以稀松平常的口吻说，“那片土地的面貌从不重复。我的父亲是一位发现家，曾领队探险多次。你们看到那头动物了吗?（她指着一头鹿，鹿角有如一张面具的形状。它一低头，你就只会看见那张与兽首垂直的脸，有点吓人。）花园里共有六头。在我小时候，它们并不存在。但自从带回了第一头之后，15 年来，探险队在内陆大地就经常遇见成群鹿匹，数量甚至多达几百头……”

“我明白您一定觉得与有荣焉。”席雅拉悄声对她说。

少女的脸上泛起红晕。

“要是有一天，我父亲也能带回一件珍宝，他就会被封为大发现家……”

“一件珍宝？”

“某项发现物要能被冠上‘珍宝’之称号，必须经由全体宇宙志学者开会推选，裁定这项物种具有成为当时代表物的价值。面具麋鹿是其中一项。我们现在仍处于‘闲逸颠茄’的时代……”

“真好听的名字。”席雅拉说，“那是什么？”

“一种植物，喝下它的汁液之后，你的梦境将染成彩色。不过你们等着瞧吧！我父亲一定能带回更棒的东西……”

“别太听信我女儿阿札黛的话啊！”一名男子走到少女后方，一手按住她的肩膀，“带回珍宝这种事，一辈子顶多能办到一次，而且，还需要绝佳的运气和本领……请容在下自我介绍：我是阿佛兰帝斯，敝姓布拉扎丁。”

听见这个姓氏，我心头一惊。

“岗妲湾的席雅拉与科尔内留斯·范霍恩在此。我们是航海旅人及地图制图师。”

“两位抵达很久了吗?”

“三个多星期。我们的船舰‘地底号’停泊在港口。”

“你们的船很气派轩昂。我已有幸欣赏赞叹。你们何时离开?”

“其实，这要等宫殿做出决定。于是我们趁此机会游览这座港城。”

“我是否有此荣幸带你们四处走走看看？在欧赫贝，对我们来说，没有比和旅人交谈更大的乐趣了。接待你们是我无上的光荣。我们就住在这附近。阿札黛可以去贵船迎接，带你们过来。七点钟左右，这个时间你们方便吗?”

我看见席雅拉的眼睛里亮着兴奋好奇。她捏捏我的手。

“我们十分乐意。”

他将右手放在心上致意，然后离开。

我们继续闲逛。

“有件事我不太明白。”我问阿札黛，“既然你们的岛如此多变，那么，又何必采集累积这一切珍禽异兽、奇花异草？这是一件没有尽头的工作，永远没有完成的一天。”

“花园是我们记忆的一部分，与我们所绘制的地图具有相同的意义。在这些花园里，我们可以比对每个人对内陆大地的看法。当然，我们知道世界很大，还存在其他的岛屿，甚至有更辽阔的土地。但那些地方都是欧赫贝的女儿；因为，毫无疑问地，这座大岛是最古老的土地，也是第一块有生命成形的土地。”

“无意冒犯，但在其他地方，说法可不一样。我们曾造访许多国度，各地居民都自称是世界的源头，方式千奇百怪……”

“不过很少有人能拿出证据，不是吗？所有来到这里的旅人都提出异议，但当他们离开欧赫贝时，都心悦诚服，相信自己已接近世界的源头。因为，所有生存于岛外世界的，都能在内陆大地找到相对应的物种，以某种形态出现。然而，反过来却不成立。我们拥有最稀有的动植物，其中某些甚至能回溯到世界之初。来吧！我带你们去看。”

她沿着一条灌溉沟渠，带我们深入一座化石森林。几百株高大的蕨类乔木镶在白垩岩中，俯瞰着我们。在这些静止不动的簇叶下方，另有许多岩石，困锁着巨型动物的骨骸。最大的那块化石比“地底号”还长，不是一头鲸鱼，而是一种四脚兽，躯体高如一栋楼，尾巴看不见尽头，脑袋则可笑地缀在一条长长的颈子尾端。左右两侧则展出各种怪物，例如尖牙利嘴的鹈鹕嘴喙上随意组装着蝙蝠的翅膀，或是蜥蜴的身体顶着鳄鱼的血盆大口。

“贵国还拥有很了不起的雕刻家，”我说，“想象力异于常人！”

阿札黛埋怨地瞪了我一眼。

“想象力?! 我不知道您是什么意思！”

“发想，创造，这些作品发挥得非常好，不缺半根爪子也没少半颗牙齿，栩栩如生，仿佛真的曾经存在于这个世界上！”

“但这里所展示的一切本来就是真的！”她大声抗议。

“我说啊，”席雅拉说，“我们沿途也见识过各种民族和生物。我很愿意相信海底存在这么大的动物，但在陆地上……”

“我告诉过你们，我国的内陆大地一直在变动。”

我凑近一块化石，用指甲刮刮表面。动物确实在里面，在岩石正中心，层层皮瓣还黏在骨头上仍清晰可见，有些地方甚至能看清筋脉走向，果然是不折不扣的石制木乃伊。阿札黛没有说谎。想把关节或整副牙齿模仿得如此精细是不可能的。然而，我实在无法相信地球上曾有这样一头怪兽存活。它看起来像在奔跑时遭到雷击，转身想咬。只凭想象就能臆测，在这矿石妖法残忍地剥去它的皮肉时，它如何剧烈挣扎，愤怒嘶吼。

“这些动物是我们最古老的遗迹。但我深信我们一定会再找到其他更古老的化石。因为我们不断有新的发现。”

“那么，这个呢?”席雅拉手指着一具类似大猿猴的骸骨问。

“那是一个无首族。没有头的人类。”

“他的头被砍掉了?”

“不是这样。顺道一提：这是唯一一副完整的骨骸，其他的都只剩残块。事实上，据猜想，这种生物的头应该是长在胸口上。我们可以很清楚地辨识：在肋骨之间的洞，就是眼睛；胸骨正下方的开口则是上下颚。根据我国智者的说法，他们应该就是本岛第一批居民，后来才出现我们这类人种。”

“所以，内陆大地上仍有人居住?”

她哈哈大笑。

“当然，但是好险，不是这种无首人！而是长得和你我一样的印地岗土著。他们十分粗野怕生。城里有少数几个土著，几乎都住在薄雾之河外面。”

席雅拉掐掐我的手，暗示我她想回港口去了。

走回船舰的路上，我对那些困在岩石中的动物依然念念不忘。

“假如我得死在这里，”我低声对席雅拉说，“我不想被火化或埋葬。希望我也能被封入那样一块岩石中，让我的唇能无声地呼唤你的名字，直到永远。”

她依偎在我肩头，但我没听见她说了什么。一名小贩扯开喉咙大声叫卖，盖过了她的回应。

16

到了晚上，阿札黛依约来接我们，带我们去找她父亲。阿佛兰帝斯的住所建造在一座内院周围。一座池塘中央种植了一棵美丽的大树，满树开花，枝丫延伸到高处的回廊。阿佛兰帝斯招待我们进屋，然后，牵起我们两人的手，领我们到一座露台上。宴席已设下。他凑到席雅拉面前说道：

“我充满好奇，请您见谅。但一位外国女性的颈子上围着这款长巾，实在少见，就连在本地也不容易找到穿戴这种布料的人。恕我冒昧，请问您是在哪里得到的?”

席雅拉犹疑着，不知该如何启齿。

“是我送她的礼物。”我回答，“但若要把到手的来龙去脉说清楚，故事恐怕太长了。”

“啊！这样正好！有了您的故事，我们的夜晚必定会非常美妙。我们极度爱好欧赫贝的历史。想必您知道这种布

料十分特别……”

“我曾在一个国家生活。在那里，光是说出这布料的名称，就会被处以死刑。”我继续说，“因为它只保留给一位伟大的君王，也就是玉皇帝。在那里，只能用‘不可说’这个说法来称呼它……但是我知道这布料来自这里，来自欧赫贝。最初跟我讲起这种布料的，是一位与您同姓的人。”

“您刚刚说，与我同姓?”

“一位名叫伊本·布拉扎丁的老人。”

“如果没错的话，您说的是我的叔父。三十几年前，他被驱逐出境，流放岛外。我和他非常不熟。”

“据他所说，这种布是用一种感光草所制成。这种草生长在内陆大地。”

“没错。除了发现珍宝之外，我们探险的首要目的即在于带回这种云草。印地岗族土著采集云絮，我们用其他珍稀的物品来交换。这些交易只在夜幕低垂后进行，等待那些云絮转变成该有的颜色。交易所得全数呈交宇宙志学院。宫殿里有纺织室，织出的布匹用来装备我们的船舰，并作为购买珍贵地图的贸易货币。我们无权穿戴在身上。”

席雅拉十分难为情，动手解开围巾，打算折起来，收进小皮囊里。

“请别如此见外。”阿佛兰帝斯替她把长巾搭回肩上，“您是我的贵客。”

“您的叔父伊本·布拉扎丁曾给我看过一份地图，图上有两座岛，耸立在一片长满云草的大平原上。”

他挑高了眉毛：

“我猜，您指的是靛蓝双岛？”

“您听说过？”

“自始至终，那两座岛恐怕只存在于他的想象中。我曾多次带领探险队到大草原，从来没见过那两座岛，连幻影都没有。事实上，只有一份不完整的地志图上曾经提到，另外就只出现在他自己所编写的论著里。当时他还年轻，是个前途无量的发现家。那本著作和他一起失踪了。但是，就在这一阵子，它又神秘地现身了（席雅拉迅速看了我一眼，她心里想的和我一样：黑帆）。我们亲眼见到它抵达港口……我已翻开看过。”阿佛兰帝斯又说，“依我看来，这本论著并没有地理学上的价值。话说，也要看是否的确为原来的那一本。毕竟，实不相瞒，曾亲手拿到过这本论著的人，少之又少。”

“希望我能亲眼瞧瞧。我曾经拥有那本书，但后来被没收了。不过，在那之前，我经常查阅，早已将内容铭记在

脑海中，倒背如流。我一眼就能鉴定真假。您认为这样的安排是否可行?”

“明天，我可以拿给您看。但是，恐怕我又要啰嗦了:我想您应该会失望，它一点价值也没有。”

接下来的时间，我们彼此闲聊各自的某段旅行。我猜，趁着这个机会，阿佛兰帝斯同时也在评估我们是否有资格进入宇宙志学院宫殿，以及他现在透露过多自己的身份是否早了些。他让我想起伊德里思汗：胡须精心梳理，眼帘缀着长长的睫毛，举止优雅，鼻梁端正高挺，特别是那一双大手，方正、强健、筋脉盘结，显示他力大威猛。这没什么好讶异的。要带领队伍进行探险，必然要具备一定的坚毅刚强。他毫不掩饰地对席雅拉流露仰慕之情，让我心里不太舒坦。他的女儿阿札黛亦有果断警觉的气质，但在父女两人身上，都嗅不到旅店老主人伊本·布拉扎丁那种诙谐和慧黠的个性……

晚宴延续到深夜。第二天，阿佛兰帝斯·布拉扎丁邀我们进宫殿。他穿上宇宙志学者的华丽长袍，在门口迎接我们。他先带我们参观位于高空中一座平台上的陨石观测站，然后领我们进入云霞图书馆。那座大厅里收藏着各式云图。不知道欧赫贝的宇宙志学者们是如何办到的，但他们依据形状、颜色、颗粒以及出现的模式等等，将云分门别类，甚至标记了性别与特征：阳性或阴性，喜好群居还是独行天涯，是无精打采、狂乱迷惘、矫揉做作，还是暴戾如雷……查阅这些巨幅图书时，必须被以绳缆悬吊在半空；以至于被分派到这项工作的学者看起来像一只只大鸟，说起话来大喊大叫，有时为了要够到书架而晃荡过猛时，他们的脑袋经常撞到支撑圆顶的梁柱。年纪最老的几位一直悬挂在令人晕眩的高度，为维护自己所偏爱的云团，争论不休。久而久之，他们真以为自己是鸟，凌空乱飞，脑容量逐渐缩减成禽类的大小，变得过于伶牙俐齿。走出那个地方时，我们都捂住耳朵，仿佛穿过一只关了一群疯子的鸟笼。接下来，阿佛兰帝斯又带我们穿越好几座回廊。他跳过贵族楼层，领我们下楼，进入一个又一个厅堂，清一色展示地理学上的畸变和幻象。最后一间厅里只存放小本书籍，一册册叠放在凹洞内。我第一眼就认出来了：在那一堆积满灰尘、脏兮兮的作品中，斜躺着的那本正是《靛蓝双岛回忆录》。我双手轻颤，小心捧起。确实是伊本·布拉扎丁的笔迹，但有人在旁边多加了注释与校正。翻到第四页，我认出玉兰城法庭的朱红官玺，还有以翠玉国文批注的整段评论。在第 18 页和第 23 页，我分别发现以天尘墨

盖下的章印，来自夜官梁丰和曹慈。

一阵激动，书本掉落。阿佛兰帝斯弯腰拾起，把书放回我的手中。

“如果这本书是您的，请便，请取回吧!”

“这本书怎么会来到这么远的地方?”

“或许该由您来告诉我答案吧?”

“老实说，我一点概念也没有。不过我知道，它不该被归为谎言及谬误之类别。这两座岛确实存在。若伊本·布拉扎丁真的是您的叔父，他老人家曾信誓旦旦地告诉我。”

“总而言之，我本人从来没见过那座远方蓝山的踪影，连幻觉也没有!”

我们调头往回走，各自默默沉思。分别之时，在宫殿阶梯上，阿佛兰帝斯露出犹豫的表情，然后决心再喊我一次：

“亲爱的科尔内留斯，我觉得在这件事上，我们应该结合彼此的利益才对……”

“哪件事?”

“如先前所说，我是一名宇宙志学者。我们之中，极少人有幸更新对内陆大地的看法。大发现家的头衔则又是另一个层次，只颁发给最优秀的学者。您认为要配得上这个头衔需要具备什么？直觉？勇气？机运？当然没错，只是，光有这些还不够，远远不够。”他叹了口气，“他必须被降予大任。这种特权无法强取，也不是与生俱来，而是由主宰着我国的任性地貌来盲目指派。我们都是内陆大地所挑选出来的人。”

“我跟您并非同一个阶级的人。这些事与我何干?”

他指着伊本·布札拉丁的书。

“这部论著一点价值也没有。关于那座远方之蓝山，除了我那位想象力丰富的叔父以外，从未有人带回任何证据。然而，很明显地，这本书选中了您。您走过这一大段路途，经历了这么些年，最终竟在世界的另一端——此书写成之处——找回了它。或者应该说，是它寻回了您。您不如此认为吗？除了您之外，对其他所有人而言，恐怕这两座岛永远难以得见。但是，若您肯陪我去，一切将成为可能……”

我的心跳开始加速。

“陪您一起去?”

“去到那里，那片感光草大草原。这趟探险所需要的时间并不很长，我们称之为五十日之路。我想，我们应该出发去寻找那两座岛……”

“所以，您不再怀疑它们的存在？”

“我的直觉告诉我，它们终将找到您。您懂吗？就像这部描述双岛的论著一样。”

“我还是不明白。这对您有何好处？”

“没有人能预料在薄雾之河后面有什么东西等着他。正因如此，谁知道靛蓝双岛是否隐藏着某种非凡的野兽或奇妙的植物？或某种能让我取得大发现家头衔的珍宝？只想请您考虑一下：探险队将在下个星期出发，我保证，一定能在进入天候恶劣的季节之前回来。”

“你不会去的，对吧？”回到“地底号”之后，席雅拉问我。

“说实话，我不知道。阿佛兰帝斯认为是这本书选中了我，这话并非完全没道理。无论如何，当初我的确是受了这本书吸引，才会来到这里。”

“求求你，我们离开吧！我们那些地图，就让它们留在宫殿里好了，我们离开吧！想想济诺塔岛上那些树，我们也曾经被深深吸引啊……”

“这两件事完全不能相提并论。证据就在于，要不是这本书，我们永远也不会相遇。毕竟，是旅店老主人和他的这部著作引领我走上你的道路。而且，也不过就是 50 天的事情而已，席雅拉……”

“50 天，还要加上你们去寻找那两座岛的时间：再延一个月？两个月？好长好久啊！科尔内留斯……”

她倚在栏杆上，目光慌乱，不断喃喃自语：“太久了……”

“那么，跟我一起去吧！”

她叹气。

“我不能去。”

“干脆说是你不想去吧？”

“那并不是我的故事，科尔内留斯。而且，我不信任那座蓝色火山……”

“但是，席雅拉，目标已近在眼前，怎么能转身就走？或许我终于能明白了呢？”

“明白什么？明白世界上某个地方真有这么一座山，就是一个疯老头告诉你？！就算你能踏进那里一步，你又能得到什么？”

“你没看到旅店那幅画……”

“我好冷，我们进去吧！”

第二天，无论她还是我，我们两人都不敢再提起这件

事。晚上，在港口喧闹的气氛下，大家诉说故事，唱歌助兴，共度了一段美妙悠缓的晚餐时光。帕夫萨尼亚斯与我们分享了许多他长途旅行的经历，大家都看得出来，以后，他一定会带瑙一起航行。有一段时间，马泰奥发表议论，说在他看来，情侣在一艘船上共事是多么荒谬。但顾及席雅拉黯然的目光，他转而解释起一些例外状况，愈说愈含糊不清。说到后来，帕夫萨尼亚斯揽住他的肩膀，说自己会想念他，以至于我们的独眼引航员流下一行泪，仿佛一个性情暴躁的大巨人，突然领悟了爱的奥秘。

接下来的几天，我像一头困在笼中团团转的狮子。而席雅拉一直回避我。她去潜游，待在水里的时间比平常还久。一天早晨，我陪她去。她抓住一头海豚的背鳍，朝深海潜去，始终没回到我的视线。我跟在她后面向下潜，无论如何也追不上她：她潜得太深，我只能隐约看见影子。我突然恐慌起来。我没有她那么能持久，必须浮上去换气。我转头四处观望，大喊她的名字好多次。终于，我听见一股涌泉冒出，那是她每次回到水面时所喷发出的水气。我看见她颈子上的象牙小海豚跳跃舞动，仿佛想趁着这波浪潮扑向她的嘴唇，给她一个吻。于是我远远凝视着她；她那神秘的美貌，那即使心怀忧伤也丝毫不减的傲然英姿，令我感动心碎。我们划水游回岸上，一前一后，感受世界在我们两具躯体之间流动，足以令我无比幸福。

在贩卖宝石玉器的区域，我买下一颗磁石。有些磁石又粗又黑，深受铁金属吸引，喜欢闻嗅含铁的颗粒。席雅拉就有这么一颗石头，用来指示北方。她称之为绿透闪石，把它和其他航海工具一起存放在她的船舱。据说这些石头从天而降，是北极星的女儿，夜里，从谪贬流放之处，绝望地凝视母亲的位置。尽管我很清楚，一件没有生命的物品竟拥有某种意志或感情，听起来的确很不可思议，但我们曾试验无数次，而它总那么奇妙、顽强地坚持同一个方向。即使在最大的浓雾中，绿透闪石也永远转向北方。我买的那一颗磁石则完全不同，它光滑有矿纹，宛如一颗小小的燕子蛋，分为裂缝不规则的两半，却紧密契合。吸引一颗磁石两端的魔力与两人对彼此的情意成正比。我们之间的爱恋如此强烈，以至于必须在磁石中央插入一把小刀，如撬开牡蛎珠贝那样，才能使之分开。但卖家一本正经地告诉我们，这颗磁石的气场将延续到我们的生命结束那天。我请人替这两个半块分别穿上细编皮绳。我在席雅拉的手腕上缠上第一条，并请她依样为我绑上第二条。

出发前两天，阿札黛来到“地底号”的船桥上。

“父亲邀两位参加为他所举办的欢送宴。他期盼能再见你们最后一面。”

阿佛兰帝斯热情地款待我们，想必只有使节才享有如此盛重之礼。桌上摆满了美味佳肴、浓醇好酒。许多宇宙志学者都到场同乐，其中也有几位盲人行会的代表。他们负责带领探险队渡过薄雾之河。我期待主人再次邀我共赴探险；但不知是基于礼貌还是因为行事隐秘，他只字未提，整晚都在赞扬伟大女舰长兼制图家席雅拉的功勋。她很快就成为当晚谈话的焦点。她没想到会成为众人的目标，却不但没有逃避一波波袭来的攻势，反而火力全开，最后征服了全场宾客。我太了解我的席雅拉，深知她是说故事高手。三十几个长须老头(好吧，我们同意，有几个并没那么老，甚至自豪地展现出年轻气盛)抢着尖锐提问，发出“哦!”和“啊!”的赞叹，夸张地做出惊吓的表情或哄然大笑。晚宴进行已久，大伙儿聊得正起劲之际，阿佛兰帝斯把我拉到一旁，若无其事地问我是否曾好好考虑。我妒火中烧，刺激之下走了偏锋，干脆地回答：当然随时可以奉陪。

回到“地底号”后，我把这个消息告诉了席雅拉。我们坐在甲板上，生起一小盆火，准备泡茶。我预料一场怒火将爆发；但她无奈地微笑，说她早就知道了，早在我下定决心之前。我再次试图说服她一起同行。

“绝对不可能，科尔内留斯。我不会跟你一起去。”

“为什么不?”

“因为那座山永远无法抵达，却又挡住了我们的前景视线。”

我走到船舰另一头，请她把她那块磁石放在甲板上，然后我左右行走移动。仿佛有一根看不见的绳子牵系，两块磁石同时转向彼此；无论我的脚步多大，她的磁石总紧紧跟从；我一改变方向，她的磁石就随之转动。我将我的磁石放在甲板上，邀席雅拉依样画葫芦。她不情愿地照做，责备我幼稚。

“我们不可能失去彼此，席雅拉。即使我在远方，在薄雾之河另一边，我还是能回到你身边，我知道去哪里找你……”

她转头面对大海。我走到她身旁，怯怯地将手伸入她被风吹散的秀发。她深深地望进我的眼睛。

“我不会去太久，会带一朵靛蓝双岛的云絮回来。”

我走下阶梯进船舱，准备行李。我习惯轻装简从，而且阿佛兰帝斯事先说过，粮食和睡袋由他负责。她进舱来

找我。

“你们什么时候出发？”

“天一亮就走。你会来跟我说再见吗？”

“我想我做不到……”

天还没亮，船壳擦磨的声响将我惊醒。席雅拉不在舱内。我急忙穿衣起身。海豚成群在“地底号”周围遨游，她在它们之间。她抬起上半身，对我轻轻挥挥手，然后当着我的面沉潜，任海水将她全部淹没。她的发丝飘散，绽放成花；接着，在那随波浪起伏的黑点下方，一抹颜色较淡的暗影，那是她的身形。伸展，散去，消失无踪。在她前一瞬间现身之处，仅剩小小的浪花与抛锚停泊的船舰波荡。这是她对我道别的方式。

17

我心情沉痛，往宫殿的方向走，没有再回头。抵达之时，如先前预料，天光刚亮。

队伍已经整备完毕。共有二十几人，外加数量加倍的驮兽。我从众多送行的亲友团及看热闹的人群中辟出一条路，走到阿佛兰帝斯身边。他穿了一件皮外套，头戴高帽，正与一小群人交谈。他转过身来给我一个拥抱礼，然后为我介绍席赫里斯，也就是将带领我们渡过薄雾之河的盲人。另一位是勒皮亚斯，他是探路队队长，拥有两名助理随行在侧。我注意到探路员都穿着装饰华美的麂皮靴。阿札黛走过来，我跟她打了招呼。很显然地，我排在队伍的最后。阿佛兰帝斯举起钉上铁皮底的手杖，下令出发。

我们循探险之路前行。这条石板路一路爬升到港城最顶端。我们越过最外围那道城墙的城门。出城之后，小径

在松林及花园之间蜿蜒，继续攀高，直到悬崖之上，然后沿山脊走一段。接下来，再次向上攀爬，直到一处隘口。两座拱门高耸，标记内陆大地的起点。这两座门十分高大，周围一片荒芜，只有碎石与风。从这里开始，我们坠入薄雾之河，被冲进潮湿的气流中，乳白的湿气将所有的一切淹没。从此什么也看不见。若是没有绳索将队伍从第一人串联到最后一人，一定会迷路。偶尔，我们攀上巨岩，踏入空中，隐约探见吊桥木板没入虚无之中……

盲人席赫里斯吹响几声口哨，探路队跟着照做。只听见这些口哨声从我后方弹回，从队伍的一端传到另一端。连续三天，我们翻越一连串山巅；某几座山头特别高耸，甚至穿出云河。终于，在云雾缭绕之中，一座小村若隐若现，我们抵达前村的几栋屋舍。

"这里可以找到最好的向导。"阿佛兰帝斯告诉我，"他们全是盲人，被浓雾夺去视线，从小就习惯在惊险万分的山径中奔跑。"

"他们是怎么办到的?"

"凭听觉。不仅耳朵听，双脚也听。任何时刻，他们都晓得下一步是否悬空、脚下的土地是否坚实。他们的语言是尖锐的口哨声响，能传很远。他们的村子坐落在云之边境，时而被薄雾之河吞没，时而显露，端看气流吐纳之深浅。在村里，只不过穿越一条街，就可能忽然从朦胧迷茫走入满眼亮光……”

果然，几个小时之后，我们就碰上这样的情况。的确，在我们所走的这条小径尽头，粗凿的石阶逐渐消逝。这道阶梯其实通往一座悬在半空的平台。爬上去之后，我亲眼看见云雾瞬间消散，不由得停下脚步，忘了呼吸。在我背后，鬼魅般的山岚源源涌出，形成一座高耸的浮云峭壁，刚刚才穿越的村落已不得而见。在我面前，或者该说在我脚下，展现出一幅辽阔无边的风景：群山峻岭，草原森林，在低空的金色阳光下，湖泊与江河相连成网，在一片丝毯般的锦绣大地上，格外分明。这就是内陆大地。我终于了解为何旅店老主人当初要建造一架飞行器，梦想着要变成一只鸟……

阿佛兰帝斯伸长手臂，指着远方说：

“那里，那是七环流。这七条云河如长发交织，层层相叠，然后消失在缥缈云海，也就是我们从彻响山脉的山脚下所望见的那片大沼泽。从这里看不见云草，还要越过那片灿烂的波浪。顶多20天后，我们就能抵达。”

从盲人村开始，一路大下坡，带我们穿越一片低矮的丘陵草原。我们的三位探路员轻巧地跳跃前进，轮流观察地形，一面商议讨论，一面回到我们的队伍里。他们指着山峦起伏之处，于是我们朝那个方向前行，一直走到天黑。夜色清朗，不需要搭帐篷。次日，我们经过一群“面具麋鹿”时，兽群中突然一阵惊慌。看见这所有龇牙咧嘴的面具一齐转向我们时，我承认，我当场骇异不已。雄鹿鸣叫起来，一步步接近，逐渐朝我们碎步跑来；忽然之间，加速狂奔，蹄踏轰隆，惊心动魄。阿佛兰帝斯已令我们排成圆阵，长矛插地，拉弓上箭。箭雨射向鹿群，最接近的几头纷纷中箭，倒地翻滚，绊倒后方奔来的其他鹿，及时化解可能击溃我们的蛮力。鹿群分为两波进攻，我们这圈孤岛四周的土地颠震不已，久久不停。后方的鹿群粗声嚎叫，使劲喷气，蹄子刨起厚厚的泥块，总算溃散。一切恢复平静之后，探路员拿出短刀，解决受伤的兽匹。其中有一头老雄鹿拒绝死去。它蹲坐在地，正视我们，鼻孔喷息粗喘，低垂的兽首顶端，鹿角对我们展现一张愤怒的面具。

阿佛兰帝斯将它一刀毙命，替它解脱。他站起身，目光扫过狼狈泥泞及遍野鹿尸，宁静的土地竟成血淋淋的战场。

“这样不太好。”他对我说，同时将小刀擦拭干净。

“难道你宁愿任它们践踏?”

“我们吓到‘面具麋鹿’了。你看看探路队。”

三名队员正忙着在他们的麂皮靴底上画上记号。

“他们在做什么?”

“在他们的足下写上新的道歉语句，祈求原谅。我们进入内陆大地开了杀戒，希望内陆大地能免去向我们要命偿还。最先画下的印记将决定一趟探险的成败。”

“用这些句子道歉就够了?”

“也许够，也许不够。未来要走的所有道路都来自过去曾走过的路，这一点用不着我来教你吧……”

探路队更改了我们的路径。为了回避动物出没的牧草场，我们只好穿越一个处处竖立土烟囱的区域，绕一大圈。这些小土丘都是掘地动物挖出来的，好让它们的地下廊道通风。有时候，这些廊道被我们踩垮，那时就会听见可怕的警示叫声，从这些烟囱传出，往四面八方扩散，仿佛一台走音的管风琴。远离那片嘈杂吵闹的区域后，我真是大大松了一口气。

当感光草大草原终于出现，我们已走了三个多星期。骤风吹拂，长长的草浪将天空的色光复制得惟妙惟肖，以至于地平线草天一色，难以分辨。靠近去看，这些草长得很高，草尖顶着羽花，在微风中摇曳。

探路队队长勒皮亚斯单膝跪在地上，嗅着乘风而来的气味，浅尝泥土。阿佛兰帝斯询问结果，但队长仍犹豫不决，不知该选哪一条路。

“在这个地方很容易迷路。”阿佛兰帝斯把我拉到一旁，特地告诉我，“这些草有记忆，反应非常奇特。若它们视我们为探访者，就会自动开辟一条路径，以示欢迎。不过，一旦视我们为入侵者，它们就会聚集靠拢，形成浓密厚实的草丛。发生这种状况的时候，只能原路折返，不必浪费力气试图割砍：草墙反制挥臂的力量之大，就连最有毅力的人，终究也会精疲力竭……”

勒皮亚斯脱下麂皮靴，赤脚探入窸窣婆娑的长草帘幕。他所经之处，草茎微微鸣响，但很快就认出他来，让他通过之后，在他身后合起。

我们或蹲或坐，等待他的信号，准备跟随。才过了一个钟头左右，他折返回来。

“这条路行不通。但我敢发誓，就是这条路没错，我确定曾经走过……”

就我个人而言，我丝毫看不出路径的起点在哪里。但勒皮亚斯看起来对这个任务非常熟悉。

第二名探路员也铩羽而归。而在等待的这段时间，苍蝇成群乱舞，骚扰我们，激怒牲口。第三名探路员也空手而回。他跟着一群觅水止渴的兽匹足印行走，却也只是徒然转了一圈。勒皮亚斯再次尝试他先前走过的那条路。这一次，长草在我们面前散开。我的第一个印象是潜入了一片蓝天。只不过，一路下坡，降至地面，沿途草茎随之变色，直到褪为最阴暗的绿。幽黑之中，尖锐刺耳的虫鸣震颤，与其说步行，不如说我们多半在游泳。草茎在我们抬头十英尺之处波荡，在这毛茸茸的长波草浪中，必须划动双手才能前进。同时，目光必须寸步不离前面的人或牲畜，他们每走一步，就立即被草帘吞没。三名探路员悄声交谈，互相指引该走的方向。我不知道他们是怎么辨认方位的。我们的第一次扎营落在一池沼泽旁。蝙蝠出没，显示天就要黑了。夜幕染黑草丛，缓缓垂下。我几乎没睡。一群封印西猯把我吵醒，它们在黏土地上盖下令人赞叹的半月形足印。接着，又有三头放光羚羊，犄角隐隐发亮，在浅白幽微的曙光中，带着小兽来喝水，仿佛揭开了序幕似的，引发连串同样惊奇可喜的偶遇。因为，在这片无垠的大草原上，野生动物种类繁多。

第三天，阿佛兰帝斯邀我陪他去爬一座小丘；对于我们深入的地区，我这才有了一个概念。远方，彻响山脉的巅峰山脊，留在我们的左侧；而更远一点，那是薄雾之河的弯道，在空中画出一颗巨大的眼睛，我们所穿越的部分可以说是眼珠。如果远方之蓝山的确存在，应该也已融入这抹逐渐模糊了天际线的亮光里。我拍扫地面，清出一块空间，把我的磁石放在正中央。小石块缓缓旋转，最后固定在一个看不见的点上静止，就在遥远的那一方，那圈云冕中心。

“席雅拉……”我低声轻唤……

印地岗土著在第五天现身。他们将云绸茧放在大藤篓中，用托带捆绑在前额。阿佛兰帝斯会说他们的土语，与他们议价，并把我介绍给他们，说我来自比云雾另一端更远的地方。他们听了吃惊不已。其中一人对我伸出手，掌心里飘浮着一颗随时会飞走的靛蓝云绸茧。这玩意儿没有重量，但触感美妙无比；傍晚入夜的颜色在一团比天使发丝还细的纤维絮中闪闪发光。交易不到一个钟头就结束。和来时一样，神不知鬼不觉地，他们已经离开。

阿佛兰帝斯耐心等候一夜，直到次日早晨才下令跟踪。

“这不是一个好主意。”勒皮亚斯不满地抗议，“我们不是在自己的地盘上。感光草把我们当成路过的客人，接纳我们，但从没有人对这片土地如此大不敬，围捕当地居民。他们可不是野兽。”

“没有人要追捕什么人。”阿佛兰帝斯驳斥，“我们只是想跟紧他们……”

“这没什么两样。我们和印地岗人之间的协议十分古老，从来没有违反过。”勒皮亚斯坚持，“他们送来云草茧，交换的条件就是，我们让他们离开，绝不跟踪。可以确定的是，云草会护卫他们的隐居场所！”

我想起济诺塔岛上那些树，不禁打了个寒战。不过除此之外，我找不出任何方式抵达靛蓝双岛，如果它们存在的话。

“那么，我们必须分道扬镳。”阿佛兰帝斯下了结论，“我和科尔内留斯继续往前。”

“只凭你们自己的能力是到不了的。”勒皮亚斯叹了口气，“我陪你们去。”

阿佛兰帝斯点点头。他把队伍其他人托付给另外两名探路员，请他们在草原边缘等我们。不到一会儿，我们就只剩孤零零的三个人。土地上，印地岗族的足印极浅，但是路径行迹还很新。勒皮亚斯尽力以最快的速度前进，我们弯着身子亦步亦趋。我沿途不断拨划草茎，几个钟头下来，肩膀酸痛不已，汗流浃背。我们只顾着奋力行走，专心一意；当第一声雷轰隆响起，三人一齐惊跳起来。

天压得好低，笼罩在我们的头顶上。云草染上暗沉的墨黑色，在天地之间画上一条条缭乱的影线；雨水打下，又加倍增添一条条铅灰色的粗线。勒皮亚斯继续跟着印地岗族走过的路径前进，但大雨已渐渐抹去他们留下的痕迹。他走得太快。雨势之大，我们的呼喊竟连十步的距离都传不到。这种情况迫使我发现：黑暗也分为许多浓淡层次。渐渐地，天色完全暗了下来；每一次炫目的闪电之后，就重新坠入绝对的漆黑。我的伙伴都不见了。积水渐深，水势汹涌，淹没我的脚踝，接着淹上膝盖，然后淹上大腿。折断了的草茎不断鞭打我的脸，叶片黏在我的额头上，我努力挥扫。最令我担心的是，万一有一阵狂风吹来，一次折断太多云草，会落在我头上将我掩埋，同时又把我困在暴涨的洪水中，那我就只有死路一条。我四处张望，找不到任何够高的土丘能让我避一避。我拿出磁石，手持细绳，试图用它来找到回头路。阵阵狂风吹得磁石坠子在空中乱舞，我怕一不小心弄丢，连忙系回手腕上。

水位高涨到我的胸口时，雷电终于停息，仅在远方隐隐闷响，也把最猛烈的倾盆大雨一并带走。暴风雨后，云系滞留的天空下，水势仍继续高涨。水位已漫过我的肩头，才好不容易决定退降，旋涡卷走大量残枝落叶。长草被洪水的重量压弯，在我经过时，水珠滴滴答答。我的行囊还留在后头。我伸长手触探寻找，不确定当初把它挂在什么地方。行囊里有伊本·布拉扎丁的论著、一张铺盖，还有一些口粮。头顶天上，夜已降临。我继续行走，保持体温。不过几个钟头，这片绿油油的草原已经摇身变成一个大泥坑。我在泥浆里摔滑不下十次。我呼唤阿佛兰帝斯和勒皮亚斯，直到声嘶力竭。

早上，一阵剧烈疼痛从我的小腿肚传遍全身。我弯下腰，看见一只脸部极为尖长、类似斑纹水獭的小兽。它竖起一身毛，咻咻嚎叫，钻入草丛中不见。它咬了我。已有六只蚂蟥趁机爬上我的小腿，吸附在伤口上。我继续走了一整天，猛然发现：我只不过一直沿着自己的行迹绕圈。第二晚，我又走了一夜……然后，我想我只做了一件事：日以继夜，夜以继日，不断地走……“未来要走的道路都来自曾经走过的路”，阿佛兰帝斯早已提醒过我……

18

从长形大岛，你看不见薄雾之河。那几道环流距离太遥远。你只能看见云草汪洋，仿佛一层茸茸细毛，任风的气息滚驰梳理。那是一座多山的岛，处处植物茂盛。要评估这座岛究竟延伸到多长是件棘手的难事，不过横渡最宽的部分只要走个四五天。如果从西边过来，只会遇见印地岗人，也就是生产云绸的民族。他们肤色黝黑，在浓密的竹林里搭建高脚屋居住。男人穿灯笼裤，缠头巾；女人以轻柔的薄纱长巾和缠腰带裹身，头发上别着鲜艳的花朵。然而，如果从东边前来，出现的则是另一个完全不同的民族。这个族群有一身古铜色的肌肤，将身体漆得花花绿绿，头戴羽冠，睡在吊床里。他们是土著季左特人。

吊诡之处在于：印地岗人和季左特人居住在同一座岛上，却永远不可能相遇。他们的作息时间观念完全不同。

对印地岗人来说，太阳每天升起，在空中画出一道大圆弧，然后沉入地底，第二天再回来。那是一颗永恒之星，不断环绕世界。在印地岗人的想法里，人类是昼行性生物，因此，每天夜晚，太阳不在时，人只能局限在梦的世界中旅行。相反地，季左特人认为每一天之所以连续出现，源自于无数微弱的小星星。那是一朵朵太阳花，在几个小时内长大盛开，于出生当日的傍晚死去。在短暂的一生中，每一颗星星都照亮一小段无尽长夜。他们认为人类是夜行性生物，拥有长寿的人生，但每天早晨，人的神智必须清醒过来，进驻身体，才能迎接光线强烈的白昼世界。因此，印地岗族和季左特族的现实从来没有交集。他们行走同样的路径，却始终看不见彼此。印地岗族安土重迁，以采集云草棉茧为业。季左特人则是游牧民族，遵奉足行之礼*。我既非印地岗族亦非季左特族，所以能走印地岗朋友所走过的路，亦能在几步之后，遇见一群季左特兄弟……

这两个部族对我的看法都一样：我是一个来自云雾之外的人，而且是一个被欧泽里德纹鼠咬到的人。大家都知道，这个伤口会延长一种半昏睡状态，而且基本上，伤员

---

* 请参考《欧赫贝26国幻游记——从红河流域到季左特国》："季左特人认为，在大地的表皮上留下最轻盈的足迹，代表着最伟大的人格。他们相信，美丽的脚印同时也是植物的种子，将在他们走过之后，萌芽开花。"

永远回不来了；因为，他可能不停地走上几个星期、几个月、几年，不再属于白昼，也不属于黑夜。

抵达长形大岛时，沿着油亮的棕榈树梢向上望，我只看到天空在透着微光的叶缝间摇晃。我仰卧着，在一大片茂密高大的植物丛中载浮载沉。原来我被抬到一张绳编担架上。我呼吸困难，吞咽要费好大的劲。然而，在我的睡梦深处，我被一股神秘无形的力量驱使，每天晚上仍继续行走。而早上醒来时，我又重回吊床上，动弹不得，眼睛盯着一面茅草屋顶。而在我周围，全村人展开平凡的生活，发出各种家事声响。我的动脉和静脉里有一块暗影逐渐扩大蔓延，我的力气愈来愈弱，但每天夜里仍然行走。而且，我听见鼓声，还有说话的声音，夹杂在吟歌和悲叹之中……我再次被抬上担架，头滚转到侧面。我看见堤道上的黄狗，斜着眼，惊异地瞪了我一眼。我的眼皮下，光线微亮，只见村落的高脚屋一幢幢向后退。我被平放进一个涂得光鲜亮丽的木箱里。睡铺开始前后颠簸。我听见车轮嘎吱摩擦，于是领悟到自己正在一辆篷车上。但我只看见画了花草和神仙的顶板。车子缓缓向前。拉车的水牛足蹄强壮有力，一步一呼吸，踏过之处，长草一束束往两旁倒下。在音乐和吟唱摇哄之下，我已感觉不到心跳，或许是心跳微弱到我感觉不到……我觉得冷。只有右手手腕上的手环沉甸甸的，是真实的。我伸出左手去抚摸，感受指间的磁石。这么长一段时间以来，这是我做出的第一个动作。接着，我费了九牛二虎之力，好不容易翻身，然后用手肘撑起上半身。从篷车前方的小开口，我看见拉车水牛的后臀，然后，顺着轭套往前望去，遥遥远方，地平线立着一个三角锥。一座熄灭了的火山。

“你到了，科尔内留斯。”旅店老主人在我耳边轻声低喃，“就在那里，远方之蓝山。”他用手指着火山，对我说。

我大叫一声，红腹鹦鹉拍动翅膀，从我喉咙深处成群飞出。

牛车停了下来。

突然之间，万籁俱寂。有人把我往外拉。有人扶我下车，撑住我的双腿。我被那些印地岗人围在中间。他们的声音鲜明起来。有人给我喝水。清脆的笑声源源不绝。一位少女帮我把水杯举到唇边。水好清澈，好甘甜。水牛蹲下休憩，抖动耳朵，驱赶一直骚扰它们的苍蝇。我扶着一头水牛的身体，沿着车轭，蹒跚踉跄地走到领头的牛匹旁。长草连绵，一望无际。在我后方，长岛的山麓宛如海岸峭

壁。前方，很远很远之处的蓝山，与我于一个暴风雨夜，在一间旅店里所看到的那一幅画一模一样。它就在那里，遥不可及，却又近在眼前。我感到心跳加速，不由得喘息好几次。磁石好重，重重挂在我的手腕上；但我终于还是抬起了手臂。突然，在摇曳荡漾的云草汪洋中，一道光迅速画出一条蜿蜒的沟痕……

“席雅拉……”我干渴的双唇喃喃开合。

蓝山渐渐消失，一点一点地，仿佛被远方的震动吸收。牛车调头回转。回程这一段路，我已能坐起身。大家都精神奕奕，欢乐开心。一盅盅水果，从这人的手上传给那个人。回到村子时，夜幕已降临。印地岗人牺牲了一头水牛。他们为我布置了一块舒适的地方，让我坐在软垫上，面对炉灶红红的炭火。火炉前，人影乱舞。长久以来第一次，我沉沉睡去，没继续“行走”。

后来，我的体力慢慢恢复。能光脚接触地面，品尝多汁的水果，在曚昽的清晨闻到柴火的味道，真好。又能开口说得出话，以童稚的目光看待生活，真美好。

从村落往下走，有一条山径通往草原上方的断层悬崖。从那里，我可以随时尽情眺望蓝山。我一点也没有踏上那座山的欲望。我只想回欧赫贝，将席雅拉拥入怀中。但是，没有人能独自穿越云草草原。

“我们会帮你。”塔涅说。在我昏迷不醒时，就是这位年轻人发现了我。“但是必须等候适当的时机。你躺了好几个月，介于生死两界之间。我们说，像你这样的人，个个努力朝蓝山前行，可是蓝山不要你们。但是你却一直走一直走，走了很久很久，最终精疲力竭。你目前的身体还太虚弱。”

某一天，村里吹起徐徐微风，几朵蓝色云草絮飘起，在叶梢飞舞。第二天，空中飘浮着几百朵，然后，几千朵。村子的广场上挤满了背着藤篓的孩子，大人们则拿出长把捕网，以及装设了木制鸡距的大型高跷。男人、女人、男孩和女孩，大家一路说说笑笑，互相告知云草棉茧在天空飘移的方向。塔涅帮我把脚踝固定在高跷顶上，陪在我旁边，协助我习惯平衡。其他人则散入长草丛中，从草茎上方露出上半身。在轻快的横笛和铃鼓激励之下，他们勤快地挥动捕网，捕捉雪花般的棉絮。当我也终于捉到我的第一朵云草絮时，打从心底涌出一股难以言喻的骄傲。采收的工作持续了好几天。在这些日子里，风吹不停。那是一种规律的暖风，是带着微微香甜的春风。村子里，处处可见遮棚下方挂着藤编篮篓，里面囚禁着一颗颗彩色大棉球。

不过，它们最美丽的时刻是晚上，夜幕降临之前。那时，棉絮染上一种丝绒般的深蓝，一种几乎转跨入黑色的蓝，那是靛蓝。

这种蓝色引发散步的兴致。这里的夜晚温暖、迷人、清朗，星光如瀑布般洒落。就这样，某次沿着月光照亮的小径漫步时，我遇见了第一位季左特人。我们面对面对峙了一会儿。他有一身结实的肌肉，线条圆润柔和，发色乌黑，戴着羽冠装饰。他的右手抓着弓，还有一把缀着闪亮羽尾的长箭。另有三名战士赶到他身边，见到我之后也立定不动。其中一人终于大胆靠近。他缓缓对我伸出手，拨弄我的头发。其他人也依样照做。然后，他们转过身，钻进树丛里。这一次接触仿佛开启了一扇看不见的门，我越来越常遇见他们，甚至大白天也能碰到。我受邀去他们的栖息地。我十分喜欢他们的羽毛装饰和藤柳篮篓，一如他们抱婴孩的方式：小婴儿赤身蜷在母亲胸前的网袋里的模样，总令我心情愉悦。他们行走的动作流畅，就连打猎时也一样。他们认为轻盈的步伐是一种礼貌，因为他们顾虑到：居住在这个世界，不应留下痕迹。他们和我一样，可以在一座山崖上停驻好几个钟头，眺望远方之蓝山……

我有一种感觉，与从印地岗人常出没的地点远望时相比，在季左特族人的视线里，这座火山显得比较年轻，山棱线条比较清晰，蓝色也较为鲜艳。两个族群都认为，它是一座不可能抵达的山。由于他们不知道彼此的存在，所以，想必只有我能感受到这种观点上的转变。不过，那绝对不是错觉。蓝山在两个族群里的形象大不相同。印地岗人把它尊为临终之地，是进行最后一趟旅行的人所前往之处。在他们眼中，蓝山没有那么高，已受到一点侵蚀。季左特族则奉之为孕育园地，所有即将诞生的新生命都来到这里。对他们而言，蓝山比较尖，比较陡峭。

在那场暴风雨中，我遗失了论述靛蓝双岛的回忆录，但我确信，伊本·布拉扎丁一定不知道这件事。他一心把这座火山描述成空间里的一点，是视线所能及的最远方。我却发现，应该把它视为时间上的一块界石。因为，根据信仰之不同，它可以是源头或坟墓，是无法触及的起点或终点。

19

终于，某一天，塔涅通知我，我们可以出发，带云草棉茧去交易。我们越过大草原，任蓝山在身后渐渐消失。即使身负重荷，印地岗人还是走得很快，简直可说是在草丛里滑行。他们参考微乎其微的细节来认路，例如赤脚下泥土的质感，虫唧嗡嗡的声响……至于我，我有我的磁石，即使必须承认，有时候，它所指的方位跟我们的路线有些许偏差，但我知道它会带我回到席雅拉身边。

我们抵达预定与欧赫贝的探路员接头的区域。由于交易将在傍晚进行，塔涅派出探子去寻找他们所在的位置。探子们将货篮稳稳地放置在膝盖上，跪坐下来。他们可以维持这个姿势几个钟头之久，连一根脚趾头都不动。我却有大喊的冲动，我要让他们知道：我们来了。我扯开喉咙大声呼唤。但塔涅对我解释，这么做只会妨碍他估测欧赫贝的探路员是否已经抵达。

“触摸云草，我们就能静静地感受很远的地方有没有人行进，半天路程外的远方都行。”他对我说，“而你的叫声只能传出一点点距离，派不上用场，只会令我们的耳朵疲累。”

可是探路队一直没来。我们等得都睡着了。第二天，我们往前再走了一段，然后又去了另一个地点。塔涅派出两名侦察手，却也无功而返。等了三晚之后，塔涅决定回去。

“他们没来。我想他们可能没找到路。这种情况偶尔会发生。不知道什么原因，云草拒绝让他们通过。”

“那么，我自己继续走吧！”

“你可能会花太多时间。”

他留下四天份的粮食给我。

“如果到那时候你还走不出草原，那就表示你永远走不出去了。再多给也没用，只是增加你的负担。祝你好运，朋友！”

我与他们诀别，深入绿油油的草地。我把磁石拿在前方，对它所指的方向信心十足。

云草却不完全同意这种做法。在某些地方，草茎揪结成束，紧实无比，根本无法穿越。为了维持正确的走向，我不知绕了多少路，完全无法确认实际上走了多远。第二天，磁石的反应很奇怪。它在两个方向之间犹豫不决，仿佛，在另一端，它的姐妹被一分为二，放在两个不同的地方似的。我把它放在地上，画出两个方位之间的角度。大约张开 15 度角。只消走上半天，这小小的 15 度角可以造成可观的分歧。我折中选择两者中间的路。但是，再一次，云草总不知不觉地把我带往上面那个方向；结果我别无选择，只能孤注一掷，朝那里前进。

第三天早晨，我终于从草丛之中望见一段地平线。那不是当初来路上经过的大草原，而是一座森林，树干纤细，高高的枝叶呈伞状。我走入林中，始终跟随磁石的指引。接近正午时分，突然一阵嘈杂巨响，夹杂着擂鼓、吼叫和树枝折断的声音。只见一大团看不清是什么的大型动物窜出巢穴，惊慌愤怒地嚎叫。在它们后方好一段距离之处，有一大群人发出各种恐怖的鼓噪，正在追捕它们。这些大象有好几只象鼻，高举在头上挥动，十分吓人。毫无来由地，就在它们快从我面前通过时，突然转向，朝我斜冲过来，逼得我不得不拔腿就逃。

我想我这辈子从来没有跑得这么快过。它们沉重的身躯踏得大地轰隆震动。我左右跳跃，同时推开横挡路上的树干。最恐怖的是，在某几棵树之间，有人事先架设了好几面巨大的筛子，而这些筛子在我前方，像捕鱼篓一般，即将合起。我刚好能从两根树枝之间钻逃，只听见追赶我的象群纷纷踏入陷阱。

稍微跑远一点之后，我滚入一片灌木丛中，上气不接下气，心脏几乎跳了出来。象群原地打转，竭力嘶嚎，冲撞囚禁它们的树干。猎人们围靠过来，抛出绳套，终于套住一头象。一道命令声喝响。我认得这个声音：是阿佛兰帝斯·布拉扎丁！我连忙钻出灌木丛。

他正忙着指挥，一时没认出我。我至少喊了他三次，他才真的抬头朝我这里望来。他退后几步，仔细打量我。我又往前几步。他冲上来抱住我。

“科尔内留斯！我真不敢相信！”他喃喃叹息。

不过，陷阱附近的凄厉尖叫迫使他转头察看。猎人释放其他象群时，被捕的这一头象疯狂乱奔，试图挣脱绑绳，抬起离它最近的几个人。阿佛兰帝斯牵着我，大步往大草原跑。他下令再次抛出绳套。被俘虏的象终于不再乱动，粗喘连连，猛力吸气，象足阵阵颤抖；它被五花大绑，绳索在树干间牵成星状，连一步也进退不得。阿佛兰帝斯狂

喜不已。

“这是我最美妙的一次探险，科尔内留斯！我捉到一头货真价实的珍宝：一头章鱼象！以前看到过它们的人都只能远远观看，无法靠近！而现在，我要带一头回欧赫贝去！”

一个矮壮的男人跑来跟我们会合，再见到我，也惊愕地当场停下脚步。是勒皮亚斯，探路队队长。我拍拍他的肩，两人一起朝厚皮怪象走去。阿佛兰帝斯已在它旁边仔细检视。那是一头体型巨硕的动物，皮肤是漂亮的灰蓝色，微微闪亮，头部长得像章鱼。它漆黑的眼睛奇怪地盯着我看；突然朝我伸出某个部位：不是象鼻，而是象腿；同时小心翼翼地闻嗅我手腕上的磁石。

“感觉上，它似乎认出了你的石头。”勒皮亚斯悄声说。

猎人们将其他象群赶往远处，恼怒的吼声响彻整座森林。

“总之，”我回答，“的确是这块磁石把我直接带到它们附近。就是这么不可思议。”

有件事我并没有详加说明：现在，磁石不再犹豫不决，而是一心指向另一个方向，仿佛，这次绕路是我找到返程的必要途径。

阿佛兰帝斯终于下达命令。他令人采收大量树叶喂食巨象，并与探路员讨论需要多长的绳索，才能绑绕四只象腿，以免它在行走时暴冲。

当天晚上，我把我的遭遇讲述给他们听：暴风雨之后漫无目的地步行，被奇怪的小动物咬了一口之后昏迷不醒，以及遇见印地岗族的事。我尽可能不去谈到长岛上的细节，更刻意避免提及蓝山。这是我对塔涅的承诺。印地岗人把蓝山当成圣山，一座并不真的属于活人世界的山。勒皮亚斯摇了好几次头，举起双手，表示我的故事完全超出他的理解。他认为，迷失在大草原后，根本不可能生还，就算只有几天也活不下去。所以，他相信我其实是被俘虏，并被印地岗巫师施法维持在半梦半醒的状态。

“这对他们来说是小事一桩。”他大言不惭地说，“还是小心一点比较好。跟他们打交道时，最好的方式就是收下他们带来的云草茧，用我们的货物支付，然后立即离开。”

睡下之前，我把阿佛兰帝斯拉到一旁，把我从一开始就哽在喉咙的问题说出口；因为，他始终没给我一点席雅拉的消息。他毫不掩饰恼恨之情，回答我：

“她等过你，找过你，甚至试图渡过薄雾之河……”

我等他说下去；但看他的态度，似乎认为已经把该说

的都说了。

“结果她回到‘地底号’，离开了？”我叹了一口气追问，“我知道她无法忍受太久没有汪洋大海的日子……”

“过了将近两年哪！科尔内留斯。所有人都以为你已经死了，除了她以外……”

他就此打住，不再多作说明。整段归返的旅程中，我都问不出其他消息。

穿越薄雾之河，一路向上攀爬时，巨象扯断一条绳索，滑落半山坡。它危颠颠地悬在原地，无法爬上岩石，只怕要再往下滑。探险队动员 15 名大汉，用尽全力将绳索向后扯，试图拉住它。只要其中一人顶不住，泄了气，其他所有人都将被拖下山崖。然而，小径上空间不够，已无法再多添援手。整队人马都停了下来。阿佛兰帝斯派一名盲人来找我。我随着盲人向导，朝队伍前端走了一大段。在某些地方，必须架上枕木来填补山径上的崩塌坑洞。我十分疑惑巨象刚才怎么能通过，竟然没压断木头，滚落山谷。

我来到大象摔落之处。它气喘吁吁，粗声喷着鼻息，加油打气的喊声与探路员的咒骂此起彼落。我一步一步地走下山坡。巨兽抬起头，被我的磁石吸引。它往上走了一步，却造成一阵土石松落。等最后一颗石头落完，大家才继续拉扯绳索。巨象又前进一步，然后再一步。就这么一步一步地，它终于爬到山坡顶。这里的岩石结实得多，不至于下滑，不会再有把一串人都拉下山的危险。爬到山径上后，它做了个奇怪的举动：几乎可说非常温柔地，它来到我面前，闻嗅我手腕上的磁石。

“看起来，这块石头能安抚它的情绪。”阿佛兰帝斯的声音从我背后响起，“所以，你别离它太远。我们需要你来当它的向导。”

接下来的整段行程，我都走在巨兽前方，大约距离十步左右。就在越过最后一道隘口之前，也就是高耸的两道拱门，探险之路起点之处，阿佛兰帝斯下令暂停，就地扎营。探路员齐声抗议。谁都不喜欢在薄雾之河露营过夜；这段渡河行程已历时一个星期以上，还带了一头随时需要小心照顾的巨兽，我们的神经都已紧绷到了极点。更何况，即使天色已黑，只要加快脚步，我们应该还来得及走完最后这段路。我也焦急得有如热锅上的蚂蚁。我进营帐去找阿佛兰帝斯理论。他断然驳斥我的想法。反正，他已经派遣两名盲人行会的代表先一步去通知：我们明天才会抵达。

“我很清楚自己在做什么，科尔内留斯！这一天，我已经等太久了！”

到了早上，他检视了所有探险队成员，并要求大家集中所有剩下的水，替大象洗个澡，尽可能把它打理得漂漂亮亮。只剩两三个小时的路程就到了。转过一个弯道之后，整座欧赫贝城映入眼帘，甚至连伸入港湾湛蓝海水里的岩岸峭壁都一览无遗。大街小巷，看起来似乎都黑压压一片。人群愈来愈密集，仿佛一条大河逆流而上，朝我们迎来。领路的探路员劈开人潮，推开两旁靠得太近的好奇观众。队长勒皮亚斯则紧跟在阿佛兰帝斯身旁。两人都像教皇赐福似的，对民众挥手致意。人群中不时传来他们的名字，愈喊愈响亮，愈叫愈频繁，最后，所有人齐声阵阵欢呼高喊。章鱼象行经之处，鲜花如雨点抛下；它被这嘈杂激昂的气氛惊吓，花雨阵中，摇晃着大脑袋东张西望。一双双手争先恐后地往它身上抚摸，一个胆子较大的小伙子甚至钻到它脚下，跑到它肚子下方，为此洋洋得意地炫耀。只要巨象一个后踢，这个呆子就会变成肉泥。不过，我们事先已将它脚上的绊索加倍，并挑选了 30 名最强壮的大汉使出全力拉牵。不久后，我看见阿札黛从人群中跑出，奔来迎接她的父亲。她从我身旁经过，却没注意到我。阿札黛，阿佛兰帝斯·布拉扎丁的女儿，父亲的功勋让她备感光荣。从此以后，她的父亲必然升官晋阶，成为大发现家。

我到处观望搜寻，都没看到席雅拉的身影。四周人群太多，喊声太吵，气氛太欢乐。

在人潮推挤之下，队伍虽然行进缓慢，却也总算抵达内陆花园附近。地图宫殿的台阶上，宇宙志学者，彩绘女制图师都已恭候多时，他们的两侧则是所有从事相关工作的公会和行会人员，如探路员、盲人行会代表和翻译员，全体人员盛装打扮，在各自的伙计和记录员陪同之下，迎接今日的大英雄。

全城集体陷入歇斯底里的狂欢，处处喧哗喝彩。我远离地势低平、气候寒冷的家乡来到这里，追寻的并非这些。这与云绸的精巧细致相距太远。那位旅店老主人给我的布料千变万化又无比轻盈，染上夜晚的颜色后是那么低调神秘，打动了我的心，带我找到远方之蓝山。而此时此刻，我陷入空前迷惘，泪眼模糊了视线。

突然间，我看见她了。

她一动也不动，望着我，比我记忆中的模样更加美丽神秘。或许，比地平线那座美妙的幻象更遥不可及，却又

如此近在眼前！我朝她走去，拥她入怀。

我闻着她的颈子和秀发，呢喃她的名字，非常非常小声，只有她和我能听见。这个名字是我人生起点与终点之所在：

席雅拉。